नवारुण भट्टाचार्य

जन्म : 1948 में 23 जून को पश्चिम बंगाल के बहरमपुर में। बंगाल के किंवदन्ती नाट्य-पुरुष बिजन भट्टाचार्य और विख्यात लेखिका महाश्वेता देवी के इकलौते पुत्र।

शिक्षा : आरम्भ से विज्ञान के छात्र रहे। फिर कलकत्ता विश्वविद्यालय से अंग्रेज़ी ऑनर्स के साथ बी.ए. तक पढ़ाई की।

वृत्ति : दो दशकों तक एक विदेशी समाचार सेवा के सम्पादक-पद पर कार्य किया।

सृजन : विशिष्ट गद्यकार और कवि के रूप में समकालीन बांग्ला साहित्य में अत्यन्त चर्चित और महत्त्वपूर्ण नाम। कवि, कथाकार और समालोचक होने के साथ ही प्रयोगधर्मी नाट्य-दल 'नवान्न' के निर्देशक भी रहे।

प्रमुख कृतियाँ : *एइ मृत्यु उपत्यका आमार देश ना, पुलिस कोरे मानुष शिकार* (कविता-संग्रह); *हालाल झंडा, नवारुण भट्टाचार्येर छोटो गल्प* (कहानी-संग्रह); *हरबर्ट, युद्ध परिस्थिति, भोगी, खेलना नगर* (उपन्यास)।

अनुवाद : हिन्दी में कविता-पुस्तक *यह मृत्यु उपत्यका नहीं है मेरा देश* और *हरबर्ट* प्रकाशित। इसके अलावा कई कविताएँ और कहानियाँ हिन्दी समेत दूसरी भाषाओं में अनूदित और महत्त्वपूर्ण संकलनों में संगृहीत।

सम्मान : उपन्यास *हरबर्ट* के लिए 'नरसिंह दास अवार्ड', 'बंकिम पुरस्कार', 'साहित्य अकादेमी पुरस्कार'।

निधन : 31 जुलाई, 2014

हरबर्ट

नवारुण भट्टाचार्य

अनुवाद

मुनमुन सरकार

राधाकृष्ण पेपरबैक्स

पहला पुस्तकालय संस्करण
राधाकृष्ण प्रकाशन प्राइवेट लिमिटेड द्वारा
1999 में प्रकाशित

राधाकृष्ण पेपरबैक्स में
पहला संस्करण : 2009
दूसरा संस्करण : 2021

राधाकृष्ण पेपरबैक्स : उत्कृष्ट साहित्य के जनसुलभ संस्करण

राधाकृष्ण प्रकाशन प्राइवेट लिमिटेड
जी-17, जगतपुरी, दिल्ली-110 051
द्वारा प्रकाशित

शाखाएँ : अशोक राजपथ, साइंस कॉलेज के सामने, पटना-800 006
पहली मंजिल, दरबारी बिल्डिंग, महात्मा गांधी मार्ग, प्रयागराज-211 001
36-ए, शेक्सपियर सरणी, कोलकाता-700 017

वेबसाइट : www.radhakrishnaprakashan.com
ई-मेल : info@radhakrishnaprakashan.com

बी.के. ऑफसेट
नवीन शाहदरा, दिल्ली-110 032
द्वारा मुद्रित

मूल्य : ₹125

HERBERT
Novel by Navarun Bhattacharya

ISBN : 978-81-8361-274-6

हरबर्ट-प्रसंग

'हरबर्ट' मेरे मन-मस्तिष्क में लंबे समय से था। मूल विषय-वस्तु सुनिश्चित थी और कभी लगातार तो कभी उमड़ती-घुमड़ती-सी तो कभी तीव्रता से मुझे उद्वेलित करती आ रही थी। इसका रूप मेरे जेहन में आकार ले चुका था। फिर भी कवि मित्र और प्रभा के संपादक सुरजित घोष यदि जोर न डालते तो शायद कभी लिखा न जाता। और, जब लिखने बैठा तो एक अजीब काहिली थी मेरे भीतर। लेकिन विषय के प्रति इतना जबरदस्त खिंचाव और उसका दबाव था कि लगातार लिखता चला गया। किस अध्याय में क्या होगा, सब जैसे पहले से तय था और होता चला गया, पर आखिरी अध्याय के वक्त एकबारगी मैं थम गया। फिर कुछ लिखा जो मुझे खुद ही नहीं जँचा और काफी खराब बना। नया कुछ सूझ भी नहीं रहा था। आखिर मैंने इसके बारे में दो-चार दिन के लिए सोचना बिलकुल बंद कर दिया। फिर एक दिन अचानक बात बन गई और मैं लिख बैठा। इससे पहले मैंने कभी कोई बड़ा आख्यान नहीं लिखा। यह मेरा पहला उपन्यास है। उपन्यास लेखन की दृष्टि से नया अनुभव। विषय-वस्तु के प्रति जिस खिंचाव और उसके दबाव की बात मैंने कही है, दरअसल उसका इन्वाल्वमेंट मुझे हरबर्ट के साथ ऐसी मनःस्थिति में ले गया था जो यातनापूर्ण ही कही जा सकती है। प्रकाशन के लिए पांडुलिपि देते समय बहुत खराब लग रहा था। ऐसा होना ठीक नहीं है। बाद में एक व्यक्ति के आब्सेस्ड चरित्र को लेकर न लिखने की सलाह दी। बात तो सोचने लायक है, लेकिन किया क्या जा सकता है ?

मैं एक हरबर्ट को जानता था। वह एक जमाने में मशहूर गुंडा था और उससे जब मेरी मुलाकात हुई तब तक पक्का अफीमची बन चुका था। यह नाम उसी से लिया गया है। इस तरह भाँति-भाँति के हरबर्टों से मेरा साबका पड़ा है। उनके साथ मेरा काफी समय गुजरा है। उन्हीं से मुझे इस छूटे-छिटके, गड्ड-मड्ड समय का स्वर और मुखरता मिली। और जहाँ तक संरचना, ढाँचों और आकार का प्रश्न है, इस बारे में मैं हमेशा सचेत रहता हूँ। किसी समय मैंने भू-तत्त्व विज्ञान का अध्ययन किया था। विज्ञान का छात्र रहा हूँ। सिमिट्री को लेकर मेरे भीतर एक आब्सेशन है। प्रकृति के भीतर कैसी सिमिट्री है। स्फटिक की निर्मिति मुझे विस्मित और अभिभूत करती है। दूसरे, नाटक और रंगमंच के लिए भी स्ट्रक्चर और सिमिट्री का महत्त्व देखा जा सकता है। सिमिट्री का महत्त्व संगीत में भी है। लिखते समय मैं इस सिमिट्री या स्वर संगीत और स्ट्रक्चर या संरचना को लेकर सुनिश्चित हो लेना चाहता हूँ।

यह उपन्यास लिखते वक्त दुनिया में वामपंथ की दशा-दिशा चिंताजनक हो चुकी थी। एक वामपंथी व्यक्ति और लेखक के बतौर यह दुसमय मेरे लिए बहुत ही पीड़ाजनक और आघात पहुँचाने वाला रहा है। देखते-ही-देखते समाजवाद इतिहास हो जाएगा, व्यर्थ और हास्यास्पद बताते हुए इसका परित्याग किया जाएगा और अमेरिका में जो डेमो-रिपब्लिकन फासीवाद चल रहा है उसकी वकालत करने वाले कुछ बुद्धिजीवी इतिहास और विचारधारा आदि सबकुछ के खत्म हो जाने का फतवा देंगे—यह स्वीकार कर पाना मेरे लिए संभव नहीं हो सकता था। 'हरबर्ट' एक तरह से मेरा राजनीतिक प्रतिवाद है। कभी-न-कभी विस्फोट होगा ही। इसे कंप्यूटर, फैक्स, सेलुलर फोन, कर्मचारी, पुलिस अथवा सबकुछ को खरीद-फरोख्त का बाजार बनाकर भी रोका नहीं जा सकता। इसकी अनुगूँज भी इस उपन्यास में मिलेगी।

'हरबर्ट' में कलकत्ता शहर का भी इतिहास है और मनुष्य का भी। बेशक उतना ही, जितना कि मैंने देखा-जाना है। एक तरह से उपन्यास के चरित्र हरबर्ट की असहायता मैंने भी भोगी है। इसी असहायता को एक आकार देने की कोशिश है यह उपन्यास।

—नवारुण भट्टाचार्य

एक

न बंधन कोई पैरों में, न स्पंदन है प्राण में
जागता निर्वाण में, रहता स्थिर चेतना में।

—विजयचंद्र मजुमदार

'अच्छी तरह सो लेने दें, सोने से ही सब ठीक हो जाएगा।'

25 मई, 1992। 'मृतात्मा से बातचीत' के ऑफिस यानी हरबर्ट के घर से काफी रात बीते घर लौटते समय जी मिचलाने की हालत में गली या रास्ते के मकान के आसपास किसी जगह पर बड़का ने यह बात कही थी। उस रात शराब की अड्डेबाजी के बाद घर लौटने का प्रसंग कोटन, सोमनाथ, कोका डॉक्टर, बड़का आदि को जिस रूप में याद है, वह बहुत स्पष्ट नहीं है। चाँद पर धुँधलाहट, रास्ते की बत्तियों के पास झाग-झाग-सी रोशनी की धूल। गरमी के मारे सबकुछ जैसे सरकता जा रहा हो। पेट की अँतड़ी से चाप, चना, व्हिस्की, रम, बर्फ, पानी—सबकुछ फबककर बाहर आ रहा है। नाली की झंझरी से तिलचट्टे भरभराकर बाहर निकल रहे हैं और रास्ते की रोशनी को निशाना बनाकर उड़े जा रहे हैं। कोका दत्त घर के गेट के सामने उलटी कर रहा था। गरम, खट्टी, फिसलन भरी उलटी की तीखी महक कोका आज तक नहीं भूल पाया। डॉक्टर और कोटन उस वक्त एक-दूसरे के पेशाब की धार से काटाकूटी खेल रहे

थे। टाट की तरह बादल के एक टुकड़े ने चाँद को ढक दिया। ग्वालों की बस्ती के सामने सरकारी नल। वहाँ चिथड़ों में लिपटी पगली बुढ़िया पैर पसारे पानी पी रही थी। उल्लू की 'करक्क-करक्क' बोली सुनकर रास्ते के सड़ियल कुत्ते नींद में ही रह-रहकर गुर्रा रहे थे। हरबर्ट सरकार की छत पर स्टार टी.वी. का कटोरी एंटिना टूटे तारे पकड़ने के लिए टकटकी लगाए हुए था। डॉक्टर काटाकूटी का खेल खत्म करके गेट पकड़कर खड़े कोका से कह रहा था, 'पीने से भी उलटी, न पीने से भी उलटी। सच इसीलिए तुम लोगों के साथ दारू पीने का मन नहीं करता। ऊँघाई बवाल ! नशा बवाल ! खाली बवाल-ही-बवाल करोगे !'

कोटन ने चिल्लाकर कहा, 'हरबर्ट दा बवाल ! हरबर्ट दा जहन्नुम में !'

कोका सोचने की कोशिश कर रहा था कि वह जिंदगी में फिर कभी दारू नहीं पिएगा। लेकिन वह भी उलटी की धारनुमा लार टपकाते हुए भागने लगा क्योंकि सोमनाथ जोर-जोर से चीख रहा था, 'लँगड़ा रवि आ रहा है, तुम लोगों को मछली खिलाने के लिए लँगड़ा रवि आ रहा है।'

पानी में डूबकर बहुत पहले मर चुका लँगड़ा रवि आ ही सकता है। हरबर्ट दा के बुलावे पर तो आएगा ही।

उस रात ऐसा ही कुछ इंतजाम था। इसे कहते हैं भयानक या खतरनाक गुगली। अकसर नशे में ही ये रातें बीत जाती हैं। इसके साथ मुर्दा हवा भी रहती है।

दूसरी मंजिल के बरामदे की बड़ी घड़ी में एक का घंटा बजा। साल के पत्ते की थाली में चाप का एक टुकड़ा, चुक्के के नीचे गुजराती दुकान की चना-दाल का रसा—करीब आठ-दस तिलचट्टे

उस पर टूट पड़े थे। उनमें से किसी एक को पकड़ने के लिए बाहर की दीवार से मोटी छिपकली अंदर आकर दीवार से सरकती हुई नीचे उतरी, फिर चौकी के पाये से होकर ऊपर आई, थोड़ा ठहरकर उसने भाँप लिया कि हरबर्ट सो रहा है या नहीं। उसने पाया कि हरबर्ट निथर पड़ा है। तब हरबर्ट की छाती पर से होकर उसके बाएँ हाथ के बराबर उतरकर उसने पाया कि वह हाथ खून की महक से भरे ठंडे पानी में डूबा हुआ है। अपनी हरी आँखों की मदद से अँधेरे में बालटी के किनारे पर पहुँची; वहाँ से होती हुई नीचे आकर किसी तिलचट्टे को पकड़ेगी, यह सोच ही रही थी कि एक आश्चर्यजनक नीली रोशनी से सबकी आँखें चौंधिया गईं। छिपकली और तिलचट्टों ने देखा था वह आश्चर्यजनक दृश्य। बाहरी दीवार में गली की ओर जो काँच की बंद खिड़की थी, उसकी धूल को मुँह से साफ करके, डैने चलाकर, एक परी कमरे में घुसकर हरबर्ट के पास आने की कोशिश कर रही है। उसके नीले चेहरे की आभा काँच पर पड़ रही है, उसके आँसुओं से धूल धुली जा रही है। उस समय हरबर्ट की आँखें अधखुली थीं। हालाँकि बाद में उन्हें बंद कर दिया गया था। उस रात ऐसा ही इंतजाम था। इसके बाद अंतिम पहर से चींटियों का आना शुरू हो गया। चींटियाँ लड़ाई-झगड़ा किए बिना आपस में बँटवारा कर लेना जानती हैं। काली चींटियाँ अन्न के दाने, दाँतों के बीच फँसे या वहाँ से कुरेदकर निकाले गए दाल या खाने के टुकड़े और सूखे खाने की तरफ चली गईं। लाल और बड़ी चींटियाँ सीधे मृत व्यक्ति की नाक के भीतर का श्लेष्मा, आँख, थूक के जरिए होंठों की किनारी, जीभ की नोक, कमजोर मसूढ़े आदि अधिक पसंद करती हैं। इतने सारे मांसाहारी कीड़ों-मकोड़ों की भीड़ में आए हुए कुछेक झींगुर जरूर अकिंचन मात्र थे। क्योंकि युगों-युगों से वे सुख

में, दुख में न-सभ्यता का और न-असभ्यता का जयगान गाते चले आ रहे हैं। चाहे उसे कोई सुने या न सुने।

दीवार में लगी जंग खाई लोहे की कील। उसमें अंदर की ओर हरबर्ट का डंडे वाला छाता लटक रहा था। छाता दिखाई नहीं देता क्योंकि उसके ऊपर से ड्राकुला के चोंगे की तरह हरबर्ट का अलस्टर लटक रहा था। हरबर्ट के सिर के पास दीवार के ताक पर रखी हुई हैं हरबर्ट की दो अति आवश्यक पुस्तकें—

1. श्रीमृणाल कांति घोष भक्तिभूषण द्वारा रचित 'परलोक की कथा'—संशोधित एवं परिवर्द्धित द्वितीय संस्करण। मूल्य दो रुपए मात्र। यह पुस्तक 171 पृष्ठ से है, इसलिए शुरुआत में ही दिखाई देती है महाराज बहादुर सर जतींद्र मोहन ठाकुर के. सी. एस. आई. की तसवीर। तसवीर के साथ दिए विवरण से पता चलता है कि सन् 1908 ई. को 14 जनवरी को वे 77 वर्ष की आयु में परलोक सिधार गए—पुस्तक की शुरुआत कुछ इस तरह से हुई थी—लिखा था—'माँ, तुम्हें बहुत तकलीफ पहुँचाई है, मुझे क्षमा कर दे। मैं भी बहुत कष्ट भोगने के बाद अभी काफी सुकून से हूँ।' इसी तरह की और भी कई बातें लिखने के बाद शिवचंद्र की पत्नी का आवेग फूट पड़ा। वह अपनी बेटी के लिए रोने लगी...आदि।

2. कालीवर वेदांत वागीश द्वारा रचित 'परलोक रहस्य'।

ये दोनों पुस्तकें हरबर्ट को उसके नाना बिहारीलाल की संग्रहीत पुस्तकों में से मिली थीं। परलोक रहस्य के अलावा कोई भी पुस्तक उसने साबुत नहीं देखी थी। हाँ, एक और पुस्तक थी श्रीगुरुपद हालदार द्वारा रचित 'व्याकरण-दर्शन का इतिहास' प्रथम खंड। इस पुस्तक को स्वाभाविक कारणों से ही हरबर्ट ने कभी नहीं खोला था। लेकिन जर्जर स्थिति वाली 'नाट्य मंदिर' पत्रिका से 'सर्कस में भूत

का उपद्रव' जरूर पढ़ा था। इससे उसने अपना आउट नॉलेज बढ़ाया था कि दो सहोदर अभिनेत्रियों सुचिंता और सुकुमारी का घरेलू नाम था सुचि और भुंदी। श्रीमती सुशीला सुंदरी प्रोफेसर बोस के ग्रैंड सर्कस में काम करती थीं, और भी दो अभिनेत्रियाँ हिरण्मयी और मृण्मयी अर्थात् भूति और भोमा बिडैन स्ट्रीट में रहती थीं। इस तरह देखा जाए तो उनके साथ हरबर्ट का एक संबंध-सा बन गया था, एक तरह की दोस्ती जो किसी साक्षात्कार या प्रत्यक्ष दर्शन की अपेक्षा नहीं रखती। 'स्त्रियों की डरी हुई चिल्लाहट और पुरुषों के शोरगुल से घिरी दूसरे पहर की रात में पीथापुर राजबाड़ी स्वाभाविक रूप से कंपित होने लगी। फिर शायद कोई भौतिक घटना घटी, यह सोचकर गोपाल डुरिया और सईस गण प्राण बचाने के लिए अस्पताल के बाहरी छोर से भागते हुए आए।'

हरबर्ट इस घटना से परिचित था, यह कहना अतिशयोक्ति नहीं होगी।

खिड़की की काँच से काफी देर तक डैने रगड़कर भी कुछ न कर पाने की स्थिति में आसमान के हलके हो जाने के भय से एकदा परी रात के अंतिम पहर में दुकान की ओर लौट गई। छिपकली और तिलचट्टों ने फिर परी की ओर ध्यान नहीं दिया। हरबर्ट के कमरे में कैद एक मक्खी जो रात के करीब बारह बजे हरबर्ट के बाएँ हाथ की नस काटते समय समुद्र में अंधे मगरमच्छ की तरह खून की गंध सूँघ चुकी थी, लेकिन कानी होने के कारण वह वहाँ पहुँच नहीं पाई थी, अब जब कमरे में थोड़ी-थोड़ी रोशनी आने लगी तो उड़कर वह फर्श पर पड़ी एक ब्लेड पर जा बैठी, जिस पर लगा खून अब चिपचिपा न रहकर काला होकर सूख गया था। हरबर्ट का बायाँ हाथ नस कटी स्थिति में लोहे की बालटी में रखे बर्फ-पानी में डुबोया

हुआ था। आँखें अधखुली थीं। वैसे चेहरा हमेशा की तरह गोरा और तीखा-सा नहीं था, बल्कि काला पड़ चुका था। मुँह थोड़ा खुला हुआ था। दाहिना हाथ छाती पर मुड़ी हुई स्थिति में था। छटपटाहट कम हो, इसीलिए इतनी शराब मँगवाई थी।

जिन लोगों ने चिट्ठी भेजी थी वे, इसके बाद—अखबार के फोटो रिपोर्टर, कॉलेज के लड़के-लड़कियाँ आदि के चले जाने पर कोटन, बड़का, कोका, ज्ञानी बुद्धिमान सोमनाथ, अभय, लँगड़े रवि का भाई बापी, गोविंद आदि सारे लड़कों ने अंदर जाकर देखा था कि हरबर्ट थर-थर काँप रहा है, अकबकाने के साथ-साथ पसीना-पसीना हो रहा है। कमीज उतार चुका है। टेबुल फैन इधर से उधर अपना सिर घुमा रहा था और हरबर्ट उसके साथ-साथ इधर से उधर जाकर हवा के सामने रहने की कोशिश कर रहा था। उन लोगों ने फैन को एक ओर स्थित किया। हरबर्ट को उसकी चारपाई पर बैठाकर पानी पिलाया। स्पेशल चाय पिलाई। धीरे-धीरे हरबर्ट सहज हुआ। लेकिन आँखों से डर नहीं गया। बार-बार कह रहा था—'सब गुगली हो गया। सब गुगली हो गया ! ओह...धक्-धक् कर रहा है, धक्-धक्-धक्-धक्। यह कैसा इंतजाम है रे बाबा !'

'उस्ताद आप जरा शांत होकर बैठिए तो ! और थोड़ी चाय लेंगे ?'

'नहीं, सबकुछ अंतिम बार खा चुका हूँ आज, और खाना खाने की जरूरत नहीं। केवल मार रहा है। मारता ही जा रहा है। घुटने के बल हो गया हूँ, फिर भी मार रहा है ! पटसन के पौधे जमीन पर लेट गए, फिर भी मार रहा है ! घूँसा, थप्पड़, लात, झाड़ू...'

हरबर्ट फफक-फफककर रो पड़ा, बाल नोचने लगा। लात मारकर

तकिए को फेंक दिया। उठकर दीवार में मढ़े हुए छोटे से आईने में खुद को देखा, रोते-रोते अचानक सीधे खड़ा हो गया। होंठों पर हँसी, बोला, 'मरे माँ-बाप का टूअर, रंडी की औलाद, भूत की गांड मारकर पैसे नहीं कमाएगा ? जिंदा से नहीं हुआ तो मरे को मारने गया था, अब हुआ तो ! कैसा लग रहा है अब ? हलक में अटक रहा है, कैसा लगता है हरबर्ट, हर...बर्ट, ह...र...बर्ट...'

अपने ही गालों पर तड़ातड़ चाँटे लगाता रहा और उछलता रहा। उन लोगों ने हरबर्ट को खींच-तानकर बैठाया। उसकी धोती खुल गई। सिर्फ चड्ढी पहने बैठा आगे-पीछे हिलता रहा। आँखें बंद।

'अब और बोलूँगा ही नहीं, और कुछ बोल ही नहीं रहा हूँ। बुलबुले तक नहीं देख पाओगे, चाहे जितना ही किनारे बैठे रहो बरछी लेकर, भनक तक नहीं लगने दूँगा। पिउ कहाँ, पिउ कहाँ !'

'खुद को थोड़ा सँभालो गुरु ! थोड़ा लेट जाओ न !'

वे जोर-जबरदस्ती से हरबर्ट को सुलाने लगे।

'नहीं, मुझे छोड़ो, पेट के अंदर कैसा तो उमड़ रहा है। गड़बड़-सा !'

'टट्टी करोगे ?'

'होगी शायद ! जरा पाखाने से हो आता हूँ।'

हरबर्ट को पाखाना या बाथरूम जाने के लिए घूमकर पीछे से जमादार के घुसने वाले दरवाजे से होकर जाना पड़ता है—नौकरों के लिए वहीं व्यवस्था है। नेकर पहने हरबर्ट को जाते देख कुछ बच्चे 'बांट पंछी ! बांट पंछी !' कहते हुए चिल्लाए। बाहर निकलकर कोटन ने बच्चों को डाँटा—'एक लात मारूँगा पेट में, सारा मजाक बाहर आ जाएगा !' बच्चे दौड़कर भाग गए।

वे लोग कमरे में हरबर्ट का इंतजार करने लगे। बोले—'देखना, टट्टी होने के बाद गुरु फिर से पहले की तरह फिटफाट हो जाएगा।'

जिसका नाम डॉक्टर है, उसकी दवा की दुकान है। सातवीं क्लास तक ही पढ़ने के बावजूद डॉक्टर बहुत कुछ जानता है।

'मैं दूसरा कुछ सोच रहा हूँ। कई बार हार्ट बंद होने से पहले टट्टी-उलटी आदि होती है।'

'मैंने देखा है, फाँसी देने पर भी लोग टट्टी कर देते हैं !'

'चुप करो तो ! कहाँ हो रही है हार्ट फेल करने की बात और इसमें कहाँ से ले आए तुम फाँसी का फंदा !'

'इसीलिए तो इसके बाप ने इसका नाम ज्ञानवान रखा था !'

'बाप का नाम मत लेना कोका ! पिन मार दूँगा।'

इसी तरह उनमें बातचीत हो रही थी। बाहर तब तक ढलते दिन की धूप अपनी रोशनी समेटने लगी थी। हलकी सुनहरी रोशनी। उन लोगों ने अचानक देखा, उस रोशनी में लिपटा सुदर्शन हरबर्ट खड़ा है। उसका सिर, शरीर भीगा हुआ था। छाती के बाल, सिर के बाल पानी से गीले थे। नेकर पानी से पूरी तरह गीला। उससे पानी टपक रहा था और हरबर्ट हँस रहा था। दरवाजे से नृत्य की मुद्रा में अंदर आकर रस्सी पर टँगा गमछा लेकर देह पोंछते-पोंछते बोला—'देखा, चहबच्चा भरकर पानी बहा जा रहा था, नहाने का मन हुआ।'

'अब कैसा लग रहा है गुरु ?'

'बहुत अच्छा लग रहा है, मन करता है, जरा बाहर घूम आएँ।'

'गुरु आज दारू नहीं चलेगी ?'

'नहीं चलेगी, मतलब ? आज तो छककर पीएँगे, आज ऐसा जमेगा कि आसमान छुएगा नशा !'

'खैर, तुम्हारा मूड ठीक तो हुआ !'

हरबर्ट धुली हुई एक धोती निकालता है। पहनते-पहनते कंघी करते हुए बात करता है। धुला हुआ एक फुल शर्ट पहनता है। इसके बाद बक्सा खोलकर रुपए गिनता है। काफी रुपए थे। थूक लगा-लगाकर गिना।

'हम लोगों का क्या मूड ! खानगी के बच्चों का, जान लो, कोई मूड-वूड नहीं होता। कुछ है तो सिर्फ मजा। बाबला गाछ (कँटीली झाड़ियाँ) पर कतला मछली का खेल ऐसा जमा है कि क्या बताऊँ ! टुन-टुन घंटियाँ बज रही हैं। लाल-नीली रोशनी पड़ रही है—जैसे डांस पार्टियों में होती हैं उधर डाल-डाल पर रोहू और मृगल की चमक। पत्ते-पत्ते पर छोटी मछलियों की बहार। चिकमिक-चिकमिक ! चिकमिक-चिकमिक ! बवाल कोई रोक नहीं पाएगा यार ! अंग्रेज साहबों ने तो दिन-रात पकड़-पकड़कर मारा। लेकिन कर सके कुछ ? वे लोग मैदान छोड़कर भाग गए तो ये लोग डट गए—अरे भाई, दिन-रात अंग्रेजी झाड़ने से यदि बवाल रोकना संभव होता तब तो कोई बात ही नहीं थी...'

रुपए की गड्डी को रबर बैंड से बाँधा। फिर उसे गोविंद की गोद में उछाल दिया।

'तीन हजार हैं। पोर्टेबल आ जाएगा।'

'क्लब का टी.वी. गुरु ?'

'और क्या ! जब सभी जाली धंधा-जाली धंधा कर रहे हैं तो उस रुपए को साला घर में रखूँगा ही नहीं और कोका, तुम लो चार सौ रुपए ! माल खरीदकर लाना।'

'चार सौ रुपए में तो बीस बोतल होगा गुरु !'

'बीस बोतल ! अरे उल्लू, देसी नहीं, अंग्रेजी। अंग्रेजी—फारेन

लीकर शाप।'

'क्या लाऊँ हरबर्ट भैया ! तब तो आज बाघ का खेल होगा।'

'एक बड़ी व्हिस्की लेना। एक रम लेना, बड़ा। नूतन बाजार से तीन किलो बर्फ लेना। जो दारू नहीं पीते, उनके लिए चाप, मिर्च-मसालेदार चना, चिंगड़ी का कटलेट जिसमें पूँछ निकली रहती है। और नमकीन बादाम लेना, सिगरेट–अरे धत्, इतना कुछ बोला जा सकता है क्या ? रुपए उड़ाना भी नहीं जानते ! आज बिलकुल साहबी मस्ती मारेंगे।'

हरबर्ट ने उन लोगों से साढ़े आठ बजे तक आ जाने को कहा था। उनके जाने के बाद वह कुछ देर तक सोया था। सात बजे के करीब नींद से उठ गया। फिर दरवाजे के बाहर टँगे साइनबोर्ड को उतार लाया, जिस पर लिखा था 'मृतात्मा के साथ बातचीत–प्रो. हरबर्ट सरकार'। उसने साइनबोर्ड का मुँह दीवार की ओर घुमाकर रखा। दीवार की खोह में किताबों के नीचे एक नया ब्लेड रखा हुआ था, देख लिया कि वहाँ है या नहीं। फिर दरवाजा बाहर से खींचकर दूसरी मंजिल पर बड़ी माँ से मिलने गया। बड़ी माँ ध्यानमग्न टी. वी. देख रही थीं। थोड़ी देर चुपचाप बगल में खड़ा रहने के बाद हरबर्ट वहाँ से निःशब्द निकल आया। कापी के एक पन्ने पर खसर-खसर करके कुछ लिखा और उसे फाड़कर शर्ट के पाकेट में रख लिया। उस दिन दारू खूब जमी थी। बालटी के अंदर ढेर सारा बर्फ पिघलकर पानी बन गया था। हरबर्ट ने उन लोगों से कहा, पंखे की हवा से कमरा ठंडा होगा। हरबर्ट ने बताया, 'उन सबने बहुत घबराहट में डाल दिया था। वह साला घोष, जिसने चिट्ठी दी थी–साला साँड़ की तरह मुँह बाए खड़ा था और सिर्फ अंग्रेजी झाड़े जा रहा था, झाड़े जा रहा था। वह जितना अंग्रेजी बकता जाता मेरा

उतना ही सबकुछ गोल होता जा रहा था।'

'और अखबारवाली वह लड़की गुरु, गजब माल थी। फुक्-फुक् सिगरेट पी रही थी और अचानक फ्लैश मार-मारकर फोटो खींचती थी।'

'अच्छा हरबर्ट भैया, यह आपका मृतात्मा से बात-वात करना क्या लोगों को उल्लू बनाना था ?'

'तुम्हें क्या लगता है ?'

'सबकुछ यदि फालतू होता तो इतने सारे लोग आपके पास आते क्यों थे ? इतनी बातें, इतने लोग, क्या सब बकवास था ?'

'लेकिन अब और यह धंधा नहीं करूँगा। जब बदनाम ही होना है तो इस लाइन में हरबर्ट सरकार अब नहीं रहेगा।'

'तो क्या करोगे गुरु ?'

'सोच रहा हूँ। सोचते-सोचते कोई रास्ता जरूर निकल आएगा। ओह ! देखा, साइनबोर्ड उतारकर कमरे में रख दिया है। कोका, एक बार 'वह' दिखा दे तो भाई !'

कोका दो चीजों की नकल बहुत अच्छी तरह कर लेता है। एक, इसबगोल का विज्ञापन जिसका नाम है 'चेयर पाखाने पर बैठकर हनुमान पाखाना करता है'—इसको उसने टी.वी. से देखकर नकल किया है। दूसरा, फुटबाल खिलाड़ी कृशानु और विकास के मोहन बागान टीम में कांट्रेक्ट पर हस्ताक्षर करते वक्त गजू बोस के चेहरे का भाव।

'कौन-सा गुरु। चेयर पाखाना !'

'नहीं-नहीं, गजू बोस।'

कोका ने नकल उतारी। बहुत मजा आया। जमकर नशा भी हुआ था। बालटी-भर बर्फ-पानी। बोतल में थोड़ा सा ग्प रह गया

था। वे लोग जब कमरे से निकले, तब हरबर्ट खिड़की बंद कर रहा था। काफी रात में उबकाई की उठती लहर में गली के मकान, रास्ते के मकान—घर लौटते वक्त पता नहीं कहाँ—बड़का ने यह बात कही थी—

'अच्छी तरह थोड़ा सो लेने दें, सोने से ही सब ठीक हो जाएगा।'

दो

विदेश में प्राणेश तुम करते भ्रमण।
देखोगे नया दृश्य प्रत्येक चरण।।

–बलदेव पालित

हरबर्ट ने बड़ी माँ के साथ जगन्नाथपुरी घूमने जाते समय जो कापी खरीदी थी, उससे पता चलता है--

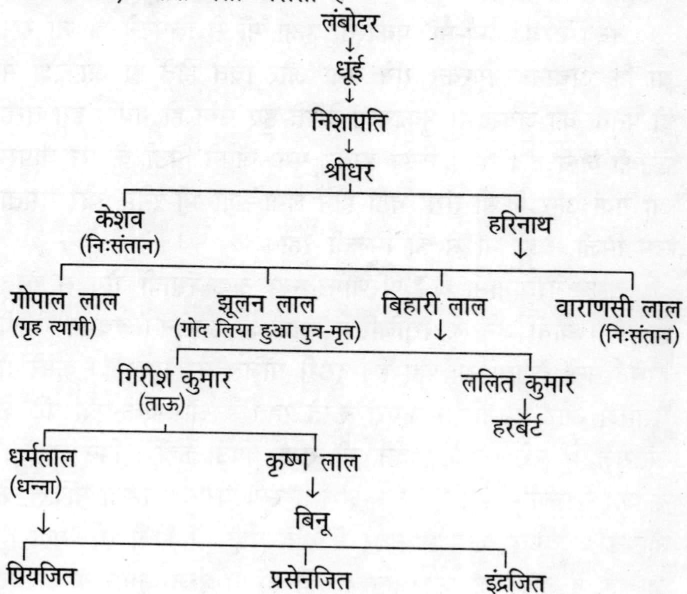

जिन बातों का हरबर्ट की पुस्तिका से पता नहीं चला, वे मोटे तौर पर इस प्रकार हैं—

हरबर्ट सरकार। पिता ललित कुमार। माँ शोभारानी। हरबर्ट का आगमन 15 सितंबर, 1949 ई.। ललित कुमार युद्ध के समय कमाए रुपए को फिल्म में झोंककर बेवकूफ बन गए। सन् 1950 में हरबर्ट के पहले जन्मदिन के कुछ ही दिनों बाद फिल्मी दुनिया की असफल नायिका मिस रूबी के साथ दार्जिलिंग-कर्शियांग रूट पर जीप-दुर्घटना में और दो लोगों तथा ड्राइवर समेत खत्म हो गए। माँ शोभारानी शिशु हरबर्ट को बिडेन स्ट्रीट में अपनी माँ के घर ले गईं। वहाँ आठ महीना बीतने के बाद एक दिन छत पर तने तार पर भीगा कपड़ा सुखाते समय बिजली की चपेट में आकर उनकी मृत्यु हो गई।

नन्हा हरबर्ट 'माँ-माँ' पुकारता हुआ माँ से लिपटने ही जा रहा था कि अचानक गिरकर रोने लगा और चित होते ही आकाश में दो पतंगों का जबरदस्त मुकाबला देखते हुए मग्न हो गया। इस तरह उसकी जान बच गई। नन्हा हरबर्ट पुनः अपने पिता के घर वापस आ गया और किसी तरह बड़ा होने लगा—जो भी स्नेह और ममता उसे मिली, बड़ी माँ से ही मिलती रही।

ताऊ वेश्यागामी थे। परिणामस्वरूप अवश्यंभावी रोग से ग्रस्त हो गए। यानी जनरल पैरालिसिस आफ दि इनसेन। बचपन से ही हरबर्ट उन्हें देखता आ रहा है। दूसरी मंजिल पर रहते हैं। कमरे से बरामदा और बरामदे से कमरा करते रहते हैं और एक-एक घंटे के अंतराल में मुर्गे के बाँग देने की तरह 'पिउ कहाँ ! पिउ कहाँ !' कहकर चिल्लाते रहते हैं। शुरू-शुरू में रसोईघर या पहली मंजिल के आँगन के बगल वाले स्नानघर में यदि बड़ी माँ होतीं तो 'यहाँ हूँ, आ रही हूँ जी !' कहकर आवाज देती थीं। गिरीश कुमार के दो बेटे

थे–धर्मलाल, हरबर्ट के धन्ना दा और कृष्णलाल। कृष्णलाल बहरमपुर के के.एन. कॉलेज में अंग्रेजी के अध्यापक रहे। वे प्रगतिशील तथा अविभाजित कम्युनिस्ट पार्टी के बहुत करीबी थे और अब तक उसमें आस्था रखते हैं। वहीं एक छोटा सा मकान बना लिया है। अपने बेटे बिनू की मौत के बाद पुश्तैनी मकान का अपना हिस्सा धन्ना दा के नाम कर दिया। धन्ना दा बचपन से ही शैतानी करने के आदी और लोभी किस्म के थे। टकसाल में एक नौकरी का जुगाड़ लगाया था। पहले तो इतनी कड़ाई नहीं थी, हो सकता है, कुछ घूस भी देते रहे हों ! रोज धन्ना टिफिन बाक्स भर-भरकर अठन्नी-चवन्नी ले आते थे। जब पकड़े गए, तब यह जान पाना मुश्किल था कि वे कितने बरसों से यह धंधा चला रहे हैं। नौकरी चली गई। जेल भी गए–हाँ, सजा कुछ माफ हुई थी। जेल से निकलने के बाद उन्होंने नाटू बाबू के बाजार में बड़ी सी ताला-चाबी की दुकान खोली, शादी भी की। तीन बच्चों के बाप बने। तीन में बड़ा बेटा गुवाहाटी में रहता है। उल्लू-बुद्धू और बीवी का गुलाम। फिर भी वह थोड़ा अच्छा है। बाकी दोनों ही लफंगा नंबर एक, छुपे रुस्तम और अव्वल दर्जे के बदमाश निकले। मँझले लड़के ने घर की छत पर केबल टी. वी. का एंटिना लगाया है। आजकल तो लोग स्टार टी.वी., एम टी. वी., बी.बी.सी. आदि की ओर भयानक रूप से आकर्षित हैं। छोटे लड़के ने एक ब्लेक बेल्ट को पछाड़कर उसके साथ हिस्सेदारी में कराटे-कुंगफू का स्कूल खोला है। हालाँकि खुद इस मामले में वह धुर नंबर एक है। इन चीजों की उसे कुछ जानकारी ही नहीं है। धन्ना दा की पत्नी काम की औरत है–अंग्रेजी स्कूल में पढ़ाती है। घर पर रसोई पकाना सिखाती है–तीन महीने के कोर्स में स्नैक्स, जिनमें पार्टी लोफ से लेकर बिरयानी, सैंडविच के साथ-साथ मुगलई खाना

सिखाने के लिए भी तीन महीने का कोर्स है। इसमें वह रेनबो पुलाव, मुर्ग-ईरानी और ऐसा ही बहुत कुछ सिखाती है। पहले से आर्डर देने पर यहाँ बर्थ डे केक भी मिलता है। धन्ना दा की पत्नी के क्लास में ढेर सारी महिलाएँ आती हैं। हरबर्ट गली के सामने या यों कहा जा सकता है कि घर के बाहरी जिस कमरे में रहता है, वहाँ से इन महिलाओं का आना-जाना दिखाई नहीं देता। इसलिए इस पूरे प्रसंग के बारे में हरबर्ट की डायरी में सिर्फ दो पंक्तियाँ लिखी हुई हैं—

धन्ना दा की बैठक में
फड़फड़ाती तितलियाँ।

हरबर्ट सरकार नंद कुमार इंस्टीट्यूट में तीसरी कक्षा में भरती हुआ था और पाँचवीं कक्षा से छठी कक्षा में जाने के बाद फिर स्कूल गया ही नहीं। घर पर ही थोड़ा-बहुत पढ़ लिया करता था। हरबर्ट स्कूल नहीं जा रहा है, इसकी पहले दो-तीन महीने तक किसी को खबर ही नहीं थी। जब तक बड़ी माँ की नजर में यह आया, तब तक वे खुद ही अपने हरबर्ट से काफी समय से गल्ले की दुकान, बाजार आदि करवा चुकी थीं। वैसे तो स्कूल उसे जाना ही पड़ता था—धन्ना दा का टिफिन, परीक्षा के समय पुलिंदा, किताब-कापी आदि लेकर ! चूँकि धन्ना हर विषय में नकल करता था इसलिए उसे काफी पुस्तकों की जरूरत पड़ती थी। बाहर से गणित हल करके परीक्षा हॉल में सप्लाई करना वहाँ की प्रथा थी। सब घर के ही लड़के होने के कारण इस मामले में मास्टर भी टाँग नहीं अड़ाते थे। पिछले इकतीस वर्षों से नंद कुमार इंस्टीट्यूट से मात्र तीन छात्र द्वितीय श्रेणी में पास हो सके थे।

जब हरबर्ट की उम्र अठारह साल की थी, तब बड़ी माँ उसे साथ लेकर पंद्रह दिनों के लिए पुरी घूमने गई थी। हरबर्ट ने अपने साथ

एक कापी और एक कलम रखा था। वे लोग भारत सेवाश्रम संघ के आश्रम में ठहरे थे। वहाँ हरबर्ट की कवि-प्रतिभा उत्तरोत्तर जाग्रत हुई। पुरी में गाड़ी से उतरते ही जिस हरबर्ट ने लिखा था—

बंगाल के बाद है उड़ियों का देश।
रोज रात को जहाँ जाती पुरी एक्सप्रेस

उसी हरबर्ट ने चार दिन बाद लिखा—

ये आई लहर
वह गई लौट
अविराम है आना-जाना
सागर के तीर।

और इसी के तीन दिन बाद—

जटिलतम,
स्नायु बहता तेजी से
जलवायु नहीं है अच्छी
आक्टोपस का डर
क्या होगा, क्या होगा।

हरबर्ट मुहल्ले के दर्जी की दुकान में जाकर नियमित बांग्ला अखबार पढ़ता था। सैलून में जाकर 'शुकतारा' और 'नव कल्लोल' (पत्रिकाएँ) पढ़ लिया करता था। हरबर्ट के छंद-ज्ञान ने उसके उज्ज्वल भविष्य का संकेत दिया जरूर था, लेकिन अंततः वैसा कुछ भी नहीं हुआ। पुरी से लौटकर हरबर्ट ने लिखा था—

टोपीधारी नुलियाओं (समुद्र में यात्रियों को सँभालकर नहलाने
वाले) का मजेदार है जीवन,
नहीं है खर्च कोई पैंट-कुरते का।
दिन भर पानी में उतरकर करते उछल-कूद,

लोट-पोट करते और कमाते हैं पैसा।

काव्य-बोध और काव्य-दक्षता का किस तरह ह्रास हो सकता है, इसका भी एक मृत उदाहरण है हरबर्ट। जिसकी कलम से पहले यह सब लिखा गया हो, उसी की लिखी निम्न पंक्तियाँ पढ़कर कौन है जो मर्माहत नहीं होगा—

फुटपाथ पर फुटफाट
भुट-भाट-भूट।
धन्ना आफिस जाता है
पैरों में गम बूट

या,

कितनी गरमी पड़ी है उः।
तिलचट्टे कान में करते कुः।

इस तरह की हास्यास्पद स्टुपिडिटी के बाद वल्गारधर्मी होने के बावजूद नौकरानियों को पानी में भीगते देखकर लिखे गए इस गीत से कुछ भरोसा मिलता है, थोड़ा ही सही—

तुम लोग क्यों हो भीगती
बदन है भीगा।
तुम लोग क्यों भीगोगी
बदन है नंगा।

लेकिन अंतिम पंक्ति सिर्फ हताशा की ही नहीं, करुणा का उद्रेक भी करती है, यह है। और जब कुछ नहीं सूझा तो अमरीक सिंह अरोड़ा के गाने की पंक्ति उसमें घुसा दिया। (यही हरबर्ट की कापी में उसके हाथ की अंतिम लिखावट है।)—

मुझे अपनी काजलदानी का
काजल बनाओ।

धन्ना दा का घर बहुत बड़ा नहीं तो बहुत छोटा भी नहीं था। दूसरी मंजिल के ऊपर छत है। छत पर पूजाघर और उसके ऊपर एक संकीर्ण छत, जिस पर गंगाजल आने का एक टैंक था। अब वहीं पर स्टार टी.वी. का एंटिना लगा है। घर के पिछले हिस्से में गली के भीतर एक छोटा सा कमरा है। यह एक तरह से पुरानी किताब-कापियों, सेवेंटी एट रिकार्ड, वसीयत-दस्तावेजों और इलेक्ट्रिक मीटर का कमरा है। जब कलकत्ता में बिनू पढ़ने आया था, सन् 1969 में, तब इस कमरे में एक चौकी और एक टेबुल फैन लगाने का इंतजाम किया गया था। बिनू की मौत के बाद कुछ वर्षों तक यह कमरा बंद पड़ा था। बाद में यह हरबर्ट का ऑफिस और आखिरी रात तक उसी का कमरा था।

इसके पहले तक हरबर्ट दूसरी मंजिल के अंदर वाले बरामदे में सोता था। वहाँ बारिश होने पर छींटे नहीं आते थे। हरबर्ट के कपड़े-लत्ते छत पर जाने वाली सीढ़ी के बगल में एक रस्सी पर टँगे होते थे। सँकरी छत पर जाने के लिए पहले ऊपर से नीचे तक एक टूटी-फूटी लकड़ी की सीढ़ी थी। लेकिन उससे होकर चढ़ने पर बगल वाले किरायेदारों के सोने का कमरा दिखाई देता था। उनके चिल्लाने पर उस सीढ़ी का इस्तेमाल करीब-करीब बंद कर दिया गया था। बिनू की मौत के बाद एक दिन काफी आँधी-तूफान आया और तेज बारिश हुई। उसी रात सीढ़ी का निचला हिस्सा टूटकर गिर गया। ऊपरी हिस्सा तब तक सँकरी छत के साथ लटक रहा था। ऊपर से खोंच-खोंचकर उस हिस्से को गिराया गया।

धन्ना दा के मकान के सामने मोड़ पर मुहल्ले की काली पूजा होती है। दुर्गा पूजा थोड़ा और आगे चलकर होती है। वहाँ बैचा लोग (हलवाइयों) की मिठाई की दुकान है, साल भर एक ही तरह

का मिष्ठान्न बनता है। लेकिन होली के दिन वहाँ 'होली-बड़ा' बनाया जाता है।

ललित कुमार का एक फोटो एलबम उत्तराधिकारी होने के नाते हरबर्ट को मिलने की बात थी। इस एलबम की शुरुआत में रूडल्फ वैलेंटिनो, लाल चैनी (विभिन्न चरित्रों में), बगलस फेयरबैंक्स, चैपलिन, ग्रेटा गार्बो, लिलियन गिश, मेरी पिकफोर्ड, एरल फ्लिन से लेकर बाद के क्लार्क गेवल, राबर्ट टेलर, वैन हेफलिन, हंफ्रे बोगार्ट, बेट्टी डेविस, विवियन लेई, कैथरिन हेपबर्न आदि की रंगीन तसवीरें थीं। एक तसवीर में ललित कुमार और शोभारानी एक सनविम टैलवट मोटर के सामने खड़े दिखाई देते हैं। एक में मधु बोस और साधना बोस के बीच में ललित कुमार। असफल नायिका मिस रूबी और ललित कुमार एक में। शिशु हरबर्ट को गोद में लिये हुए शोभारानी। और एक में शिशु हरबर्ट।

एलबम को कभी हरबर्ट ने अपनी आँखों से देखा तक नहीं, क्योंकि धन्ना ने उस एलबम को मार दिया था और अपनी आलमारी के नीचे पुराने कपड़ों में लपेटकर रख दिया था। ललित कुमार का एक और संग्रह था—तरह-तरह के सिगरेट होल्डरों का। उसे धन्ना ने नहीं, बल्कि किसी और ने गायब कर दिया था। बहुत ढूँढ़ने के बावजूद धन्ना को वह चुरुट का बाक्स नहीं मिला जिसके भीतर ललित कुमार अपने सिगरेट-होल्डर रखते थे। ललित कुमार के साहबी ठाट की बदौलत धन्ना भी बीच-बीच में विलायती सिगार और स्कॉच-व्हिस्की मार लिया करता था। रुपए भी झाड़ देता था। हिसाब-किताब लगाकर कुछ करने वाले व्यक्ति नहीं थे ललित कुमार। सो ऐसी छोटी-मोटी बातें कभी उनकी निगाह में आई ही नहीं। ललित कुमार ने महायुद्ध के जमाने के बाजार में लोहे की छीलन

और ताँबे का कारोबार करके जो काफी बड़ी रकम इकट्ठा की थी, उसे यदि सिनेमा बनाने के चक्कर में न गँवाए होते तो हरबर्ट की जीवन-गाथा दूसरी तरह की होती, इसमें संदेह की कोई गुंजाइश ही नहीं है।

हरबर्ट सरकार पाँच फीट छः इंच लंबा, गोरा, तीखे नाक-नक्शवाला, अंग्रेज जैसी शारीरिक गठन का छरहरा युवक था। ललित कुमार ने निश्चय ही सोचा था कि बेटे के चेहरे के साथ कहीं-न-कहीं हालीवुड के लेसली हावर्ड-नुमा चेहरे का मेल है। बस, रख दिया अंग्रेजी नाम—हरबर्ट। हरबर्ट की माँ उत्तरी कलकत्ता के खानदानी परिवार की श्वेतांगिनी सुंदरी थीं। ललित कुमार भी कम सुदर्शन और टीपटाप नहीं थे। जैसे भी हो, हरबर्ट की चाल-ढाल और देखने आदि की भंगिमा में एक नायकत्व का भाव झलकता था। वह कुछ और ज्यादा अंग्रेज जैसा लगता था, क्योंकि अधिकतर वह भयभीत रहता था। भय के कारण उसका सफेद पड़ा चेहरा उसे और अधिक गोरा बना देता था। माँ और पिता के हस्र के कारण मोटर गाड़ी और बिजली से तो उसे डर लगता ही था, बाद में इसके साथ धन्ना की पिटाई का डर भी जुड़ गया। ताऊ का वक्त-बेवक्त 'पिउ कहाँ-पिउ कहाँ' कहके चिल्ला उठने का डर भी था ही, ऊपर से बिनू एक नया डर लेकर आया था।

इसी बीच करीब चौदह साल की उम्र में हरबर्ट को एक आश्चर्यजनक अनुभव हुआ। पुरानी किताबें टटोलते-टटोलते उनके नीचे, इसी अंतिम कमरे में एक दिन दोपहर को उसे टीन का एक बक्सा मिला। उस बक्से से एक मुर्दे की खोपड़ी और कुछेक लंबी हड्डियाँ हरबर्ट को मिली थीं। इस घर के दूर-दूर तक के रिश्ते-नाते में कभी किसी ने डॉक्टरी नहीं पढ़ी थी, न ही किसी ने जादू दिखाया

था। शुरू में तो बक्सा खोलकर मुर्दे की खोपड़ी, आँखों का गड्ढा और दाँत देखकर हरबर्ट डर ही गया था। लेकिन बाद में मानो एक नशे की तरह बार-बार उस बक्से को खोलकर हरबर्ट खोपड़ी और हड्डियाँ देखा करता था। सोचने की कोशिश करता था कि यह जिस व्यक्ति की खोपड़ी है, वह कौन हो सकता था। वह जो भी रहा हो, उसके बारे में सोचकर हरबर्ट को बहुत अधिक तकलीफ होती थी। लगभग दो साल बाद एक सुबह उन हड्डियों और खोपड़ी को एक थैले में भरकर हरबर्ट केवड़ातल्ला की आदिगंगा में फेंक आया था। बाद में उस बक्से में वह अपना सामान रखता था। और, आगे चलकर उसमें रुपए-पैसे भी रखने लगा था।

गंगा में उस हतभागे अज्ञात व्यक्ति को अंततः विसर्जित करने के बाद हरबर्ट के अंदर चरम, दुर्दम्य मृत्यु-चेतना जाग्रत हुई। उसे लगता था कि वह उन दो आँखों के खाली कोटर में समाता जा रहा है और उसके चारों तरफ बिजली से चलने वाले बड़े हिंडोले की तरह तारे और जुगनुओं की रोशनी चमक रही है। और, ठीक इसी के समांतर उसने ऊपर उल्लिखित 'निहायत जरूरी' दोनों पुस्तकों को बड़ी बारीकी से आद्योपांत पढ़ना शुरू किया।

इसके बाद हरबर्ट के कमउम्र के दोस्तों में से एक घसकट्टा रवि आत्महत्या करता है। उस समय हरबर्ट की उम्र उन्नीस वर्ष थी। घास काटने की मशीन घर में रहने के कारण उसका नाम घसकट्टा रवि पड़ा था। घसकट्टा रवि बहुत अच्छा लड़का था। पीछे के मुहल्ले में रहने वाली जया नाम की नाटी सी लड़की से उसे बहुत प्यार हो गया था। जया रोज शाम को सहेलियों के साथ घूमने निकलती थी और इस मुहल्ले की लड़कियों के साथ गपशप करती थी। जया को देखते ही घसकट्टा रवि को कुछ-कुछ होने लगता था,

यह सभी जानते थे। लेकिन घसकट्टा रवि में साहस नहीं था। न ही वह अपने ग्रुप से कभी अलग होता था। लेकिन दुर्गापूजा की अष्टमी के दिन उसके दिमाग में क्या खयाल आया, यह सिर्फ घसकट्टा रवि ही जानता था। पूजा की जबरदस्त भीड़ में उनके पंडाल में जाकर घसकट्टा रवि ने एक छोटा सा पेन, जो उस समय काफी चला था और कागज का एक टुकड़ा जया के हाथ में थमा दिया। कागज पर टेढ़े अक्षरों में लिखा था—'जया देवी के चरणों में भक्त की ओर से पूजा का यह छोटा सा उपहार, तुम्हारा रवि।' उस मुहल्ले के लड़कों ने रवि को रँगे हाथ पकड़ लिया था। जया हड़बड़ाकर घर भाग गई। रवि उनका हाथ छुड़ाकर भागा। खींच-तान में रवि की पूजा की नई कमीज भी फट गई। रात में घसकट्टा रवि के घर जया के चाचा आए। दोनों मुहल्लों के बीच तनाव चला। नवमी-दशमी को घसकट्टा रवि लापता रहा। विसर्जन की लहर अभी समाप्त भी नहीं हुई थी कि एकादशी को दोपहर बाद चारों ओर हलचल मच गई। कारपोरेशन के घेरेदार तालाब में आत्मघाती रवि का शव तैर रहा था।

घसकट्टा रवि का शव पश्चिमी तट के निकट दो व्यक्तियों के डूबने लायक गहरे पानी में हिलोरें लेता हुआ तैर रहा है। तट पर हरबर्ट के साथ थे मुहल्ले के सारे लड़के। धूप के कारण कुछ साफ ही दिख रहा है नीचे लटकता रस्सी का टुकड़ा। उसके बाद कीचड़ का गाढ़ा हरा अंधकार। तट पर एक साइकिल रखी हुई है। कोई लंबा बाँस बढ़ा रहा है। स्वीमिंग क्लब के दो लड़के तैरते हुए आगे गए। डाइविंग बोर्ड के पास बाँस से खोंचने के कारण पलटा हुआ घसकट्टा रवि गंदे पानी में बहने लगा। धूप तेजी से भाग रही थी। पुलिस आ चुकी है। सार्जेंट ने आगे बढ़ते हुए पूछा, 'लाश फूलकर

उठी है ?' किसी ने जवाब नहीं दिया। दोनों तैराकों के घसकट्टा रवि के निकट पहुँचकर उसे छूते ही मानो उसने छोटी-छोटी लहरों के सहारे खिसक जाना चाहा। उन दोनों ने दो तरफ से कंधे के पास उसकी कमीज को कसकर पकड़ लिया। घसकट्टा रवि पकड़ में आ गया। वे पैरों से पानी काटते हुए तट की ओर आने लगे और घसकट्टा रवि के घने बाल पानी में तन गए। घसकट्टा रवि को देखकर हरबर्ट को लग रहा था कि आखिरी धूप में आज्ञाकारी मछलियों का एक दल वापस लौटा आ रहा है। यह दृश्य एक तसवीर बन सकता था। अगर है भी यह चित्र तो अब तक पीला पड़कर अस्पष्ट हो चुका होगा। लेकिन सैकड़ों वर्षों तक चाँद की रोशनी में या फिर जाड़े की भोर की ओस में अपने प्रेम के साथ घसकट्टा रवि इस मरण-जल में तैरता रहेगा। उसे घेरकर मत्स्य कन्याएँ छटपटाती हुई आँसू भी बहाएँगी तो उनके अश्रुजल को कोई देख नहीं पाएगा।

'मेरा नाम हरबर्ट है। मैं गाँठें छीला हुआ बेंट हूँ। बेंट देखा है ! अब लाट देखोगे।'

'मखमली घास के मैदान में हूर-परियों का खेल।'

'पतंग, हवाई जहाज, बेलून, लाठी लगा झाड़न, मनुष्य, पैराशूट, पक्षी—सबके सब एक समय नीचे उतर आते हैं। लेकिन उतरने से पहले चढ़ते हैं। वह भी चढ़ता है, उतर आता है।'

'मनुष्य यदि (1) होता है तो (0) होगा मृत मनुष्य।

मनुष्य + मरा हुआ मनुष्य = 1 + 0 = 1 = घसकट्टा रवि।'

कोने-अँतरे में जल की किलकारी।
नक्काशीदार साड़ी की किनारी।।

—हरबर्ट

तीन

मानव जीवन है बड़ा ही विषादपूर्ण

—मानकुमारी बसु

रब्बा ! रब्बा ! धूप में तपकर जो पतंग ऊपर उठती ही जा रही है, उसके गोता खाते समय नजर हटा लेने पर वह, उ...स तेरह मंजिला मकान के ऊपर से उस दिन तक हावड़ा ब्रिज दिखाई देता था...विक्टोरिया का गुंबद...वह साहब पाड़ा...सिनेमा पाड़ा... न्यू मार्केट... टेलीफोन ऑफिस...और भी नजदीक शीलों की छत, उसके बाद हाँडीफूटा पालों की...क्रिश्चियन बाड़ी के पंजाबी किराएदारों के कपड़े-लत्ते सूख रहे हैं...उसके बाद हताशा भरी हालदारों की छत, जहाँ होती थी बुकी—सुंदर, साँवली, कोमल, थोड़े उभरे वक्ष। फिर कभी बुकी शाम को स्कूल से आकर छत के इस छोर से उस छोर तक टहलती हुई पढ़ती दिखाई नहीं देगी—हाथ में खुली किताब, तेज हवा के झोंके से छत के पौधे फर्श छूने लगे हैं, बुकी के बाल बिखरे जा रहे हैं, किताब के पन्ने उलट-पलट हो रहे हैं...

वह छोटी सी छत ही थी हरबर्ट की दुनिया। उस जगह से ही हरबर्ट को सबकुछ की प्राप्ति हुई थी। जिस आश्चर्य-स्वप्न ने उसे सामाजिक प्रतिष्ठा और ख्याति दी थी और अंत में जो उसके पूर्ण विनाश का कारण बना, वह स्वप्न भी हरबर्ट ने इस छोटी सी छत

पर ही देखा था। इसी छत पर था गंगाजल का टैंक। पहले हरबर्ट इस टैंक के अंदर उतरकर महीन पंक (कीचड़) में से चुन-चुनकर जिंदा, छोटी-छोटी चिंगड़ी पकड़ता था—जो धीरे-धीरे अपनी टाँगें फेंकती रहती थीं। टैंक की भीतरी दीवार पर छोटी-छोटी सीप चिपकी रहती थीं। बाद में पानी आना बंद हो गया। नीचे का पंक सूख गया। पाइप भी टूट गया। बाद में उसमें बारिश का पानी जमा होता था। उस समय उसमें थोड़ा पंक या पानी का झाग जैसा जमा हो जाता था जिसमें एक-दो पानी के उछलने वाले कीड़े या मच्छरों के बच्चे जन्म लेते थे, बस इतना ही। गंगा का पानी आना बंद हो गया तो टैंक भी मर गया। लेकिन तब मरा हुआ टैंक दूसरे ढंग से हरबर्ट के लिए आवश्यक हो उठा। गरमी के दिनों में हरबर्ट घिसटते हुए वहाँ चढ़कर ठंडी छाया में सोया करता था। अचार या लेमनजूस मिल जाए तो उसे भी वह साथ ले जाया करता था। लेमनजूस एकाध बार चूसकर कागज पर उसे रखकर 'परलोक की कथा' पढ़ता था। पढ़ते-पढ़ते सो जाता। नींद से उठकर यदि देखता कि तीन या चार चींटियाँ (इससे ज्यादा चींटियाँ छत पर नहीं आती थीं) लेमनजूस खा रही हैं तो उन्हें ठोकर मारकर भगा देता था। इसी तरह बहुत सारे निरीह कीड़े-मकोड़े छत की दरारों में रहते थे—इनकी तरह अविरोधी और अहिंसक कीड़े-मकोड़े भारत-भूमि पर और हैं या नहीं, इसमें संदेह है। जिस वर्ष लाखों टिड्डियों का दल आकाश मार्ग से होकर कलकत्ता आया था, टैंक से उनके लगातार टकराने की आवाज ने हरबर्ट को अचरज में डाल दिया था। बारिश की आवाज से बिलकुल भिन्न थी वह आवाज। जाड़े के दिनों में कृष्ण भैया का दिया हुआ स्वेटर और बड़ी माँ का दिया हुआ रैपर लेकर धूप-छाँह वाली छोटी छत पर चला जाता था हरबर्ट। विश्वकर्मा

पूजा के पहले से ही पतंग का मौसम शुरू हो जाता है। उस समय एक दिन शाम को हरबर्ट खुली छत पर सोया हुआ था कि अचानक पेट में सुरसुराहट हुई। नींद खुलते ही उसने देखा, पेट के ऊपर से कटी हुई पतंग का धागा सरक रहा है। बचपन में मृत माँ से थोड़ी ही दूरी पर लेटे हुए शिशु हरबर्ट ने गोता खाती हुई पतंग देखी थी। वह घटना भले ही उसे याद न हो, लेकिन ढीली छोड़ी हुई पतंग के प्रति उसके मन में एक अदम्य आकर्षण था। हालाँकि पतंग को ढीला छोड़ने के लिए लटाई में काफी धागा रखना पड़ता है, क्योंकि बेशुमार धागा छोड़ना पड़ता है। धागा छोड़ने के दौरान यदि सादा सूत आ जाए तो खतरा होता है। खींचकर पेंच खेलने में वायलेंस अधिक होता है। पतंग भी उस समय बेहवा न होने पर उड़ाने वाले के मन की बात मानो दाँत पीसते हुए कहती है। हरबर्ट को इस तरह की बर्बर खींच-तान देखकर हैरत-सी होती थी। उसे लगता था आकाश-मार्ग में यह पतंग छीनने का धंधा है ! ऐसा जो करता है, संभवतः उसे इससे बलात्कार का आनंद मिलता है। हरबर्ट को सबसे अच्छा तब लगता था, जब वह अपने आप में खोया हुआ किसी पतंग को हाई एटीच्यूड से चले जाते हुए देखता था। पतंग यदि ज्यादा ही नाचे तो समझना चाहिए कि बिलकुल जड़ से ही कटने के कारण उसमें धागा बहुत कम है। और यदि मंथर गति से, गंभीर, पैसे की तरह भारी हो जाए तो समझना होगा कि उसमें धागा काफी है। इस तरह की पतंग जिसके हाथ लगेगी, उसके तो लटाई का भी भाग्य चमक जाएगा। धन्ना के तीनों बेटे बड़ी छत से पतंग उड़ाते थे। उनको ऊपर की छोटी छत पर जाना मना था। छोटी छत पर पतंगें गिरने पर हरबर्ट उन्हें जमा करके रखता था और बाद में उनको दे देता था।

घयला, मोमबत्ती, पंछीराज, चौरंगी, पेटकाटी, चापरास, शतरंजी, मुँहजला, पान और दूसरी बेनामी पतंगों की नक्काशी चाहे कितनी ही चमकदार क्यों न हो, पर गाढ़े रंग का बुलुम पतंगों का राजा है। बदराए आसमान में बहुत ऊपर से कटी हुई एक काले रंग की बुलुम पतंग को देखकर हरबर्ट बहुत डर गया था। इतनी गंभीर अंतिम यात्रा हरबर्ट ने पहले या बाद में कभी नहीं देखी थी। यहाँ तक कि उसकी अपनी अंतिम यात्रा भी इतनी गंभीर नहीं थी।

इस छोटी छत पर ही हरबर्ट ने अपनी किशोरावस्था में एक दिन अपने शरीर के भीतर से एक अद्भुत आनंद और इंद्रिय सुख की खोज का अनुभव प्राप्त किया था। उस समय उसकी आँखों में काली धूप थी और चारों तरफ डेढ़ हाथ ऊँची दीवार पर हरी काई का ढेर था। यहाँ से कितने-कितने वर्षों से हरबर्ट देखता आ रहा था कि शाम होते ही बगुलों की पाँत कतार बाँधकर वापस घर लौटती। शाम होते समय चमचिका (छोटी चमगादड़) और शाम के बाद चमगादड़ें उड़तीं। हवाई जहाज की बत्ती जलती-बुझती। पलक झपकते ही अनगिनत तारों में से एक खिसक जाता। फानूस उड़ते जाते। हरबर्ट ने पतंग-लालटेन भी देखी थी—खपच्चियों के फ्रेम के सहारे कागज का ठोंगा बनाकर उसमें मोमबत्ती जलाकर पतंग से बाँधकर उसे उड़ाना। एक बार तो फानूस में खिंचाव आने तक वह उसे पकड़े रहा था।

बचपन में रास्ते में कम्युनिस्ट पार्टी के कार्यक्रम में कृष्ण दा के साथ जाकर हरबर्ट ने 'फाल आफ बर्लिन' और कई दूसरे युद्धों की डाक्यूमेंटरी देखी थी। एक बार बर्फ की चट्टान के उलट जाने से योद्धाओं को गहरे पानी में जल-समाधि लेते हुए भी देखा था। हरबर्ट को किसी ने नहीं बताया कि वह आइजेनस्टाइन की 'अलेक्जेंडर

नेविस्की' थी। इससे भी पहले एक बार 'इंदिरा हॉल' में उसने एक बांग्ला फिल्म देखी थी जिसमें ससुराल के आँगन में सावित्री चटर्जी सिर पर जूता लिये खड़ी थी। और, मुहल्ले की दुर्गापूजा के दौरान 'अनन्या सिनेमाघर' में देखा था—'फिर सुबह होगी।' रोजगार करने के बाद फटीचर पब्लिक के पल्ले पड़कर भाड़े के वीडियो से काफी फिल्में देखी थीं हरबर्ट ने। लेकिन उसने जितना कुछ सीखा था, उसका आधा यदि पूर्वोक्त दोनों पुस्तकों से था तो बाकी उस छोटी सी छत से। उस छोटी छत से ही हरबर्ट और बुकी एक-दूसरे के प्रति आकर्षित हुए थे। रोज़ शाम को बुकी छत पर आती थी। हरबर्ट तो अपनी छोटी छत पर रहेगा ही। इसी समय वे एक-दूसरे को एकांत में पाते थे। हालाँकि उनमें दो मकानों का अंतराल रहता था। जब तक बुकी नहीं आती थी, छत पर सुखाए गए उसके कपड़े हरबर्ट का साथ देते थे। बुकी रिक्शे से स्कूल आती-जाती थी। बुकी का परिवार हालदार बाड़ी में किराए पर आया था। करीब दो साल वे लोग रहे। फिर चले गए। हरबर्ट की उम्र उस समय सोलह और बुकी की ग्यारह साल रही होगी। उनके चले जाने के पहले वाली सरस्वती पूजा के दिन मुहल्ले की लाइब्रेरी के बगल में उन दोनों की पहली बातचीत हुई। बनर्जियों के गेट के बगल में एक खंभे की आड़ में छिपकर फुसफुसाते हुए हरबर्ट ने पूछा था—'यदि मैं चिट्ठी दूँ तो लोगी न ?'

बुकी ने सिर हिलाकर कहा था—हाँ !

'तुम किस क्लास में पढ़ती हो ?'

'छठी में ! तुम ?'

'मैं पढ़ता हूँ, लेकिन स्कूल में नहीं।'

'घर पर मास्टर आते हैं ?'

हरबर्ट ने सिर हिलाकर कहा था–'हाँ।' हालाँकि ऐसा कहते हुए हरबर्ट को अच्छा नहीं लगा था। बुकी के चले जाने के बाद कई महीनों तक हरबर्ट छत पर नहीं गया था। बाद में जरूर गया। हरबर्ट देखता था, शाम होने पर जब छाया-छाया-सा अँधेरा होने लगता, एक-एक कर बत्तियाँ जलने लगतीं, चूल्हों का धुआँ नदी की तरह बहने लगता, तब उसके थोड़ी देर बाद वह छत खाली नहीं लगती थी। शायद उस धुँधलके के बीच बुकी खड़ी है, हँस रही है, हाथ हिला रही है। आँखें मलकर देखने से ठीक ऐसा ही लगता है। उस समय आँखें भी तो थोड़ी धुँधली रहती हैं। बाद में वह छत भी छिन गई, जब हालदारों ने उस पर मकान बना लिया। छोटी छत की दीवार पर हरबर्ट ने ईंटें घिसकर 'ब' लिख छोड़ा था। बहुत गहरा था वह। लिखावट पर सीलन पड़कर काई जम जाने के बावजूद हरबर्ट समझ सकता था कि उसके नीचे वह अक्षर सिर हिला-हिलाकर उससे 'हाँ' कह रहा है।

छोटी छत ने कभी हरबर्ट के साथ विश्वासघात नहीं किया। लेकिन दो घटनाएँ ऐसी हुईं जिससे दुर्घटना हो सकती थी। एक बार शाम को मूसलाधार बारिश में हरबर्ट वहाँ फँस गया था। क्या भयानक पानी का बहाव था वहाँ ! ऊपर से टैंक पर ओले पड़ने की डरावनी आवाज। टैंक के नीचे जाकर घुस गया था वह। कुछेक ओले टैंक से टकराकर उसके पास आ भी गए थे। बिजली कड़क रही थी, बादल गरज रहे थे। वज्रपात हो रहा था। आसपास कुछेक वज्र भी गिरे। हरबर्ट ने सोचा, अब वह उतर ही नहीं पाएगा। वह उतर भी तो नहीं पा रहा था। इतनी तेज बारिश कि यदि वह दिशा भूलकर रास्ते की ओर या गली की ओर खाली जगह पर पैर रख दे तो ! और दूसरी बार, काली-पूजा के दिन। दिन में कोई तुबड़ी

(पटाखा) टेस्ट कर रहा था, आग से तपी उसकी खोल छोटी छत पर आकर फटी थी। हरबर्ट के गले में, थुथनी के नीचे, कंठ के ऊपर एक सफेद दाग था।

धन्ना दा, धन्ना भाभी और उनके तीनों बेटों के साथ हरबर्ट की मानसिक दूरी बढ़ती ही गई। साहबपाड़ा यानी घर से आधा घंटा चलकर विक्टोरिया स्क्वायर में गहरी अभिनव सैर और उसके साथ साहबी चाल-ढाल का मामला तो बाद की बात है। यह सैर-सपाटा अस्सी के दशक के बीचोबीच शुरू हुआ जब बड़ी माँ ने हरबर्ट को ताऊ का अलस्टर दिया था। हालाँकि उसको कई जगह से कीड़े काट चुके थे, उसके रोएँ निकल गए थे और कमर की बेल्ट भी नहीं थी, फिर भी धन्ना दा ने अपनी माँ यानी 'बड़ी माँ' को सुनाकर कहा—'घर की सारी पुरानी और अच्छी-अच्छी चीजें इस निखट्टू के पेट में भरी जा रही हैं। पिताजी की चीज है, लेकिन बड़े बेटे से एक बार पूछा तक नहीं गया।'

बड़ी माँ ने भी दो-चार बातें सुना दीं—'देख धन्ना, अधेड़ उम्र का हो गया तू, लेकिन तुम्हारा ईर्ष्यालुपन नहीं छूटा। हिस्सेदारी तो खूब अच्छी तरह से कर लेता है, कौन सा अपराध हो गया जो उसे एक गरम कपड़ा दे दिया। तू उसे पहनता क्या ?'

'देखो माँ, तुम जो नहीं समझती, उस पर बोला मत करो ! मैं क्या स्वार्थ के लिए कह रहा हूँ ? मैं तो आदत की बात कह रहा हूँ। खाने-पहनने को तो मिल ही रहा है, ऊपर से इधर-उधर की चीजें भी मिल ही जाती हैं। इसके बाद यदि ऊँची नजर वाला होकर आज यह तो कल वह की माँग करने लगा तो कौन सँभालेगा ? उसके बाद घर का हिस्सा माँगेगा, कोठा-बाड़ी माँगेगा !'

'वह तो अच्छा है इसीलिए कभी कुछ नहीं कहता। अगर माँग

भी लिया तो कौन सा अपराध हो जाएगा ? उसके पिता का हिस्सा नहीं है क्या ?'

'देखो, मिजाज गरम मत करो ! बाप का हिस्सा दिखाएगा ? कहता हूँ, संपत्ति की देखभाल करने लायक भेजा है भी उसकी खोपड़ी में ? हिस्सा माँगेगा, हिस्सा !!'

'माँगने पर क्या कहोगे, सुनूँ तो जरा।'

'मार-मारकर खदेड़ दूँगा, कहना क्या है ? इतने वर्षों के रोटी-कपड़े का हिसाब लगाए न जरा ! खाल खींच लूँगा चूतिये की।

'इंद्रिय राम देहात्मवादियों का मन परलोक को समझने में अक्षम है। परलोक ही क्यों, इस लोक की भी अनेक सूक्ष्म बातें समझने में अक्षम है। इनके मन में—शरीर, इंद्रिय और भोग्य पदार्थ को लेकर सर्वदा व्यस्तता बनी रहती है और संघर्ष चलता रहता है। इसीलिए इनके मन में परलोक विषयक आनंद से युक्त निर्मल सत्यज्ञान जन्म नहीं लेता। जिस विषय पर मन एकाग्र होता है, उसमें इन्हें सुख मिलता है और जिस विषय में एकाग्रता नहीं रहती, उसमें सुख नहीं मिलता। मन के इस स्वभाव, शक्ति या स्वधर्म से आबाल-वृद्ध सभी परिचित हैं।'

अलस्टर मामले के बाद हरबर्ट के दोनों भतीजों प्रसेनजित (फुचका) और इंद्रजित (बुलान) ने निचली मंजिल में खाने की मेज पर अचानक एक दिन उस पर धावा बोल दिया। बहाना यह था कि हरबर्ट ने उनकी पढ़ाई के समय जलावन के लिए नारियल काटने की गुस्ताखी की थी, जिसकी आवाज से उनकी पढ़ाई में असुविधा हुई थी। बड़ी माँ उस समय पूजा पर बैठी थीं। ऊपर तक आवाज नहीं पहुँची। धन्ना दुकान में था और भाभी घर पर नहीं थीं। बड़ा लड़का यानी प्रियजित उस वक्त स्नानघर में था। सौभाग्य से वह

तीन दिनों की छुट्टी में घर आया हुआ था। हरबर्ट का आर्त्तनाद सुनकर वह गमछा पहने हुए ही बाहर निकला और अपने भाइयों को रोका। तब तक हरबर्ट के होंठों से खून बह रहा था। आँखों के नीचे सूजन आ गई थी। दाँतों में दर्द हो रहा था। इस घटना का एक और गवाह था–धन्ना दा की नौकरानी निर्मला। मार खाने के बाद जब हरबर्ट आँगन में मुँह का खून धो रहा था और प्रियजित लोटे से पानी डाल रहा था, तब उसे याद है कि ऊपर से ताऊ 'पिउ कहाँ ! पिउ कहाँ !' कहते हुए गरज रहे थे।

इस घटना से दुखी और आहत हरबर्ट को स्वर्ग की चाबी मिल गई। दर्जी की दुकान में दुलाल, राखाल बाबू आदि से तो उसने कहा था कि आँगन में फिसलकर गिर जाने से यह दुर्घटना घटी। लेकिन निर्मला के जरिए पूरे मुहल्ले में यह बात फैलते ज्यादा देर नहीं लगी। निर्मला ने गल्ले की दुकान, मिठाई की दुकान और पानी भरने के लिए ट्यूबवेल पर जाकर सबसे कह दिया कि कितने निर्दयी हैं ये लड़के ! ऐसे भलेमानुस चाचा को भला कोई इतनी निर्दयता से पीट सकता है ! धन्ना को तो एक दिन गांगुलीबाड़ी के बड़े लड़के बड़िलाल ने कह ही दिया–'धन्ना, घर में यह सब क्या हो रहा है ? मुहल्ले में ऐसा तो पहले कभी सुनने में नहीं आया। आखिर भतीजे ही चाचा को पकड़कर पीट रहे हैं !'

मुहल्ले के लड़के और हरबर्ट के जूनियर, जो उसे देखकर अब तक 'बांट पंछी ! बांट पंछी !' कहकर छेड़ा करते थे, वे भी अब उसके नजदीक आकर हमदर्दी जताने लगे। और, उनके हरबर्ट के करीब आने पर दोनों भतीजे काफी अकेले पड़ गए।

इस तरह हरबर्ट अनेक लोगों के करीब आ गया था। इसके अलावा एक और घटना घटी थी जिसका कारण विशद वैज्ञानिक

व्याख्या की अपेक्षा रखता है। आगे-पीछे से मुक्के खाकर हरबर्ट का अपरिपक्व ब्रेन शायद कुछ हिल गया होगा, वरना पंद्रह वर्ष पहले की घटना एक आश्चर्य-स्वप्न के जरिए वापस कैसे लौट आई ! लौकिक के इस हस्तक्षेप के कारण हरबर्ट के जीवन-चरित्र ने एक नया मोड़ लिया और काकतालीय होने के बावजूद जो सबसे आश्चर्य की बात थी, वह यह कि 1971 में पुलिस की गोली से मारे गए नक्सलपंथी भतीजे बिनू के पिता यानी हरबर्ट के कृष्ण दा उस समय किसी काम से कलकत्ता आए हुए थे और इसी घर में थे।

'मैंने कहा—देखो दीनानाथ, तुम अगले दिन की बातें मन-ही-मन सोच रहे थे, इसीलिए शायद स्वप्न में इस तरह की विभीषिका देखे होओगे। अब सभी निश्चिंत होकर सोने की कोशिश करो।'

'गरजते हुए दीनानाथ ने कहा—क्या कह रहे हैं जनाब ? मेरी बात को आप झूठी कहकर उड़ा देना चाहते हैं ? न मैंने झूठ कहा है और न ही सपना देखा है—अपनी आँखों से जो कुछ देखा है, वही आपसे कहा। मेरी बात का यकीन नहीं होता तो इनसे पूछिए, सबने तो एक साथ सपना नहीं देखा !'

यह अंश 'सर्कस में भूत का उपद्रव' से और पहले वाला 'परलोक रहस्य' का है। हाय वह बुकी आज कहाँ है ? उस छोटी छत पर आज डिश एंटिना सुशोभित है। हरबर्ट नहीं है। सोवियत यूनियन नहीं है। हिपोड्रोम सर्कस नहीं है। शिमला स्ट्रीट में प्रसिद्ध गोसाईंबाड़ी के बगल में दीनू का होटल नहीं है। श्री सुरेश चंद्र बसु की आँखें हमेशा मुदित होने के कारण सभी उन्हें आंजू बाबू कहा करते थे, वे भी नहीं रहे।

रब्बा ! रब्बा !

चार

ऐ सुन, ऐ सुन ! दुंदुभि की आवाज रे,
दुंदुभि की आवाज।

–रंगलाल वंद्योपाध्याय

बिनू कलकत्ता आशुतोष कॉलेज में जियोलॉजी आनर्स लेकर पढ़ने आया था। बहुत पहले बचपन में बिनू ने हरबर्ट को एक कविता सिखाई थी–पुलिस की लाठी/झाड़ू की काटी/डरती नहीं कम्युनिस्ट पार्टी। बिनू यहाँ आकर रास्ते के किनारे वाले कमरे में ठहरा। कृष्णलाल खुद आए थे। बिनू के लिए एक छोटी चौकी आई। गद्दा आया। बड़ी माँ ने दूसरी मंजिल के बरामदे की छत से लटकता बिस्तर का बंडल खोलकर बिनू को तकिया दिया। दीवार खोदकर बनाए गए ताक पर विंशेल होम्स आदि अंग्रेज लेखकों की किताबें शोभा पाने लगीं। बिनू गंभीर, छरहरा बदन, मीठी-मीठी बातें करने वाला लड़का था। एक दिन सुबह करीब नौ बजे पेट के बल लेटे, छाती के नीचे तकिया रखकर बिनू बड़े ध्यान से कुछ लिख रहा था। दरवाजे में थोड़ी फाँक करके हरबर्ट ने अंदर झाँका था। हँसते हुए बिनू ने कहा था, 'यह क्या हरबर्ट काका, अंदर आइए न ! वहाँ खड़े होकर क्या देख रहे हैं ?'

हरबर्ट के साथ बिनू की काफी घनिष्ठता हो गई थी। बिनू के

दोस्तों को भी हरबर्ट बहुत पसंद था। वे लोग हरबर्ट को सिगरेट पिलाते थे। गप्पें मारते। फिर एक बार बिनू ही कहता, 'हरबर्ट काका अब आपको थोड़ा सा...!' हरबर्ट समझ जाता कि उसे अभी चले जाना चाहिए। लेकिन वह भी अशिष्टता से नहीं कहता था। बिनू ने उसे एक फुल पैंट खरीद दिया था। साथ में एक बेल्ट भी।

'ओह, हरबर्ट काका ! आप बिलकुल अमेरिकी फिल्म स्टार जैसा लग रहे हैं।'

धन्ना पहले तो हरबर्ट का पैंट देखकर चौंक गया था। बाद में यह जानकर हैरान हुआ था कि ट्यूशन के पैसे से बिनू ने हरबर्ट को यह पैंट खरीदकर दिया था।

बड़ी माँ ने कहा था, 'देख रहे हो न ! देखो और कुछ सीखो। जिंदगी भर तो ईर्ष्या करके ही रह लिया !'

धन्ना ने कहा था, 'ज्यादा बकबक मत कर ! दिखावटी प्यार देखकर सीखना क्या है, ऐं ? लेकिन हाँ, हमारे बच्चे यदि बिनू को देखकर ही कुछ सीखें-समझें—न की पढ़ाई-लिखाई, न सीखा शिष्टाचार !'

ताऊ ने कहा था, 'पिउ कहाँ ! पिउ कहाँ !'

बिनू ने परलोक के प्रति आग्रही हरबर्ट को मृत्यु का एक अन्य अर्थ समझाया था।

'क्या यह सब उलटी-पुलटी बातें पढ़ा करते हैं ! यह सब बकवास है। रिडिक्यूलस ! यह मर गया भूत होकर आया, वह मर गया भूत हो गया—यह जो हर पन्ने पर भूत भरा हुआ है, बोलिए तो आपने खुद कभी देखा है ? लोग न मरें, ऐसी बात नहीं। इसी घर में न जाने कितने लोग मरे हैं !'

'मैंने तो नहीं देखा, इसलिए यह झूठ हो जाएगा ?'

'सिर्फ आपने ही नहीं देखा, ऐसी बात नहीं है। किसी ने भी नहीं देखा है।'

'तो फिर प्लेनचिट जो किया जाता है ?'

'क्या होता है ? बहरमपुर में मैंने खुद देखा था।'

'देखे थे ? आया था ?'

'आएगा क्यों नहीं ? खुद ही तो अक्षर के पास गिलास को खींच लाते हैं या फिर पेंसिल कँपकँपाते हैं। वैसे आपको दोष देने से कोई फायदा नहीं। जब तक गिने-चुने कुछ लोग लाखों लोगों को बुद्धू बनाकर उनसे मेहनत करवाएँगे, उन्हें ठगेंगे, तब तक भूत, फिर आपका देवी-देवता-धर्म यह सब चलता ही रहेगा। सुनिए, एक लेख सुनिए। (बिनू एक छोटी सी पुस्तक खोलकर उसके पन्ने उलटता है।)

'हमारे सामने हजारों शहीद मृत्यु वरण कर चुके हैं, उनको याद करते ही प्रत्येक जीवित व्यक्ति का हृदय वेदना से भर उठता है। ऐसा कौन सा स्वार्थ है जिसे हम त्याग नहीं सकते अथवा ऐसी क्या गलतियाँ हैं जिन्हें हम सुधार नहीं सकते—यह किसका लिखा हुआ है, क्या बता सकते हैं ?'

हरबर्ट ने सिर हिलाया। वह यह सबकुछ भी नहीं जानता।

'माओ त्से तुंग !'

सन् 1970 में 19 नवंबर को बारासात में कुख्यात हत्याकांड हुआ। जतीन दास, कन्हाई भट्टाचार्य, शंकर चट्टोपाध्याय, समीर मित्र, स्वप्न पाल, समीरेंद्र नाथ दत्त, तरुण दास और गणेश घटक की आधी रात को पुलिस ने नृशंसतापूर्वक हत्या की थी। भारतीय कम्युनिस्ट पार्टी (मार्क्सवादी-लेनिनवादी) के महासचिव चारु मजूमदार ने अपने 22 नवंबर, 1970 के इश्तहार में आह्वान किया—

'...आज प्रत्येक भारतीय का पवित्रतम कर्तव्य है विदेशियों के आज्ञाकारी इन कायर खूनियों के प्रति तीव्र घृणा जगाना। यह आज देशवासियों का दावा है, देशप्रेमियों की माँग है। प्रत्येक क्रांतिकारी को इन वीर शहीदों की हत्या का बदला लेने की प्रतिज्ञा करनी होगी। ये जल्लाद भारतवासियों के दुश्मन हैं, प्रगति के शत्रु हैं और विदेशियों के अनुचर हैं। इनको खत्म न करने तक भारतवासियों को मुक्ति नहीं मिल सकती।'

बिनू इस आह्वान को सुनकर कूद पड़ा। किसी-किसी रात लौटता भी नहीं था। धन्ना दा का मुहल्ला ठेठ कांग्रेसियों का था। वामपंथी इक्के-दुक्के होंगे भी तो पता नहीं चलता था। एक दिन बिनू ने हरबर्ट को काफी रुपए और माओ त्से तुंग—लिन पियाओ की तसवीर छपी रसीद-बही देकर लेक मार्केट इलाके में किसी विजय के पास पहुँचा देने को कहा। विजय उसे कालीघाट के ग्रीक चर्च के पीछे ले गया। वहाँ थोड़ी देर बढ़ी हुई दाढ़ीवाले, टूटा चश्मा पहने एक व्यक्ति ने धुँधले अँधेरे में हरबर्ट को गले लगाते हुए कहा था—'अभिनंदन कामरेड, विनय ने आपके बारे में बहुत कुछ बताया है। हमें आप जैसे ही विश्वसनीय दोस्त की जरूरत है। चाय पीजिए।'

लौटते समय दो लड़कों ने उसे मनोहर पुकुर का मोड़ पार करा दिया था। कहीं बम गिर रहे थे। हरबर्ट को फिर यह खबर नहीं मिली कि उस विजय की बाद में बरानगर में भूमिगत रहने के दौरान 1971 की 9 मई को सुबह बाजार में खाने की दुकान के सामने पुलिस की गोली से मौत हो गई थी।

बिनू लगातार कई दिनों तक घर पर नहीं था। धन्ना दा ने कृष्णलाल को चिट्ठी लिखी। कृष्णलाल ने जवाब में लिखा—

'...बिनू अब किशोर हो गया है। वह समझता है कि वह क्या कर रहा है। फिर यह तो उसने अपने आप नहीं समझा है, बहुतों के साथ मिलकर ही उसने यह फैसला किया है। अतः हमारी ओर से इसे समाप्त करने का प्रश्न ही नहीं उठता। साथ ही बिनू की माँ भी मेरे विचारों से सहमत है। पर हाँ, पता चला कि तुम लोगों को असुविधा हो रही है, इसलिए दूसरा कोई इंतजाम कर दूँगा। लेकिन इसके लिए तुम्हें मेरे कलकत्ता आने तक इंतजार करना होगा। आशा है, माँ-पिताजी कुशलपूर्वक होंगे। हरबर्ट और तुम्हारे बच्चों को मेरा...'

वैसे कृष्णलाल को कलकत्ता आकर दूसरा इंतजाम करने की जरूरत नहीं पड़ी थी। रात में एलगिन रोड की जहाजबाड़ी के पास एक दीवार पर स्टेंसिल से तीन लड़के माओ त्से तुंग की तसवीर बना रहे थे। दूसरी ओर के फुटपाथ पर मुँह ढककर जो लोग सोए हुए थे, उनमें से एक ने चादर हटाकर गोली चलाई। एक लड़का दो लड़कों के कंधे पर पैर रखकर स्टेंसिल पर स्याही पोत रहा था। वह गिर गया। बाकी उसे खींचकर ले जाने की कोशिश करने लगे। तब तक बहुत सारे जूतों की आवाज सुनाई पड़ी। सीटी बज रही थी। घायल लड़के के अनुरोध पर ही उसे छोड़कर दोनों भाग निकले। लड़का पलटकर छाती के बल सरकते हुए पाँच-छः हाथ ही जा पाया था। फुटपाथ पर घिसटने से खून के दाग लग गए थे। फिर वह बेहोश हो गया।

एस. आई. संतोष ने देखा कि यह प्राइज कैच है। विनय को उसके पैरों पर खड़ा कर लेने से बहुत कुछ जान पाना संभव होना। पी. जी. (हॉस्पीटल) का केबिन। डॉक्टर।

'लांगफील्ड पंक्चर हो गया है। कुछ नहीं किया जा सकता।

किसी भी समय...। हो सके तो घर खबर भेज दें।' घर खबर आई थी। धन्ना ने कृष्णलाल को तार किया। हरबर्ट सुबह-शाम अस्पताल में पड़ा रहता था। शरीर का अधिकतर खून रास्ते और वैन में बहा देने के बाद भी एक अदम्य प्राणशक्ति ने बिनू को जिंदा रखा था। कृष्णलाल आए थे। उधर घर में, खासकर बिनू के कमरे का सारा सामान उलट-पुलट करके भी पुलिस को कुछ हासिल नहीं हुआ। इसके पहले ही बिनू के कहे मुताबिक हरबर्ट छोटी छत पर जाकर बहुत कुछ जला आया था—'देशव्रती', 'दक्षिण देश', 'चट्टग्राम' में छपे एक गुरिल्ला युद्ध का बांग्ला मैनुअल, क्यूबा की 'ट्राइकांटिनेंटल' पत्रिका से संग्रहीत मलोटोव काकटेल का नक्शा, रेडबुक, कुछ चिट्ठियाँ। थोड़ा-थोड़ा करके जलाया था, ताकि धुआँ कम हो। कोई समझ भी नहीं पाया।

कृष्णलाल को उनके दोस्त प्रोफेसर प्रफुल्ल कांति चाय पिलाने के लिए बाहर ले गए थे। हरबर्ट से दो बंदूकधारी गार्डों ने दयावश कहा था—'भीतर जाइए, अनाप-शनाप बक रहा है। बाप फिर कहाँ चला गया ?'

हरबर्ट बिनू के पास गया था। छाती तक कंबल से ढका था वह। हाथ में उलटी लटकती बोतल से रबर की नली लगी थी। एक चीज हरबर्ट नहीं देख सका था। पाँव की ओर कंबल के नीचे से होकर एक जंजीर निकली थी। लोहे की खाट में दो बार लपेटकर उसमें ताला लगाया गया था। गले में ट्रैक्शन लगे एक लड़के के भाग जाने के बाद से यह फुल प्रूफ इंतजाम किया गया है।

बिनू की आँखें बंद थीं, लेकिन दोनों होंठ हिल रहे थे। और, जिसे दोनों पुलिसवाले 'अनाप-शनाप बकना' समझने की भूल कर बैठे थे, वह थी बारासात के शहीद समीर मित्र को लिखी कविता।

काफी कोशिश से याद करके शब्दों को बोलना, ठीक कविता पढ़ने की तरह नहीं—

'मैं देख रहा हूँ,
मेरी आँखों के सामने, मेरे इतने समय की देखी
पुरानी दुनिया बदलती जा रही है,'

(बिनू क्रमागत कई बार 'बदलती जा रही, बदलती जा रही' बोलता गया, आगे के शब्द याद आए बाद में, खाँसी जैसी हुई, होंठों के कोने से खून मिला झाग—झागनुमा थूक बाहर निकला, हरबर्ट सिर के पास रखे खून से सने तौलिए से पोंछने जा ही रहा था कि नर्स आ गई। नर्स ने ही पोंछ दिया, फिर दौड़कर बाहर निकल गई।)

'टूट-फूटकर, चिंदी-चिंदी, चूर्ण-विचूर्ण
होकर झर रहे हैं
पुराने दिन
एक तूफान आ रहा है'

(कई बार 'आ रहा है, आ रहा है' बोला। दोनों आँखें फाड़-फाड़कर देखने लगा। हरबर्ट उसके चेहरे पर झुका। उसकी आँखों में आँसू थे। बिनू की आँखें इधर-उधर घूमीं। दरअसल वह किसी को खोज नहीं रहा था, देख रहा था कि पुलिसवाले उसकी आखिरी बातें सुनने की कोशिश कर रहे हैं या नहीं।)

'कुछ कहना चाहते हो, बिनू ?'

'हरबर्ट काका, पूजाघर में, डायरी...हरबर्ट...काका...डायरी...काली के फोटो के पीछे...डायरी...बिनू की आँखें फटी रह गईं। थोड़ा ऊपर की ओर। इस तरह आदमी हमेशा नहीं ताकता। कुछ देखना भी न हो तब भी ताकते रहना।

डॉक्टर अंदर घुसा। हरबर्ट से हट जाने को कहा। पुलिस अंदर

आई। नर्स। एक्सपायर्ड।

इसके बाद पुलिस की निगरानी में काँटापुकुर घूमकर आधी रात को केवड़ातल्ला श्मशान में। बिनू की देह विद्युत शवदाह-गृह में चली गई। इतनी रात में भी श्मशान को घेरे हुए पुलिस का कड़ा पहरा। शवदाह-गृह की ओर एकटक ताकते हुए कृष्ण दा क्या कुछ बुदबुदा रहे थे। शवदाह-गृह के दरवाजे के ऊपर लिखा था—'पुलिस का कुत्ता देवी राय होशियार।—सी. पी. आई. (एम. एल.)।' एक बुद्धिजीवी पुलिस अफसर ने अपने मातहत से कहा—'यह देखिए, नक्सल का बाप ! बेटा जल रहा है इसलिए मंत्र पढ़ रहा है।' यह सुनकर हरबर्ट कृष्ण दा से सटकर खड़ा हो गया था। आँखों से आँसू टपक रहे हैं। कृष्णा दा कविता पढ़ रहे हैं—

वे थे बहादुर, जगाते थे आसमान में तूफान
उनकी गाथा विदेशी के खून में,
गोली, बंदूक, बम की आग में
आज भी है रोमांचकारी।

बिनू जल रहा था उस समय।

इस घटना के बाद जो सड़ा हुआ, सीलन भरा, बँधा-बँधा-सा बेचारगी का दौर गुजरा वह इतना थका हुआ, उबाऊ था कि तुलना अंततः इतिहास में मिलनी मुश्किल है। और हरबर्ट, कलकत्ता शहर के जिस इलाके का बाशिंदा था वहाँ तो युग-युगांतर में भी कुछ बदलता है या नहीं, इसमें संदेह है। पुश्तैनी मकानों में लड़ाई-झगड़ों के बीच जो बँटवारे हुए, उसके परिणामस्वरूप अनचाही जगहों में दरवाजे-दीवारें आ गईं। हाँ, पुराने मकानों की जगह पर उग आई प्रमोटरों की मल्टी स्टोरीड बिल्डिंगों से कुछ मिजाज जरूर बदला है। वीडियो की दुकान खुल गई। ज्ञानवान और बुद्धिमान, दोनों भाइयों

ने पहला क्रांतिकारी कदम उठाते हुए यह दुकान खोली। मोड़ पर रोल की दुकान भी खुली है। पहले मेन रोड के किनारे-किनारे बड़े-बड़े पेड़ों की छाया थी। उनके नीचे से होकर छाया में नहाती दोमंजिला बस जाती थी। अब वो पेड़ नहीं हैं। गाड़ियों की उन्मत्त आवाजाही। मुहल्ले के ठेलेवालों का अड्डा उजड़ गया है। हरबर्ट को याद है, एक बार आधी रात में भूकंप आया था। दूसरी मंजिल पर टँगा बिस्तरों का बंडल पेंडुलम की तरह डोल रहा था। रास्ते में एक डरा हुआ बूढ़ा ठेलेवाला अपने सोए हुए साथियों को 'भुइंडोला रे, भुंइडोला' कहकर सावधान कर रहा था। लेकिन दूसरे दिन सुबह उन्हीं रास्तों पर पिछली रात शराब के नशे में धुत् रहे लोगों और रेस खेलने वालों का सूजी हुई आँखों से बाजार करने का दृश्य, सैलून के फर्श पर गिरे बालों के गुच्छे, रिक्शे की टन-टन आदि देख-सुनकर कौन कह सकता था कि पिछली रात यहाँ छोटा ही सही, भूकंप आया था। हाँ, कई बार वोट (चुनाव) भी हुआ था। लेकिन उससे हरबर्ट को कोई फर्क नहीं पड़ता था। उसने कभी वोट नहीं दिया। हर बार वोट के दिन जब वह कहीं न जाकर छोटी छत पर बैठा रहता, तब उसे वह बिनू के प्रति श्रद्धांजलि का दिन लगता था। लेकिन बिनू की ज्यादा बातें उसे याद नहीं आती थीं।

अलस्टर-प्रसंग के दौरान भतीजों से बुरी तरह मार खाने के बाद एक दिन दोपहर को हरबर्ट छोटी छत पर आराम से सो रहा था। उसी समय कृष्ण दा आए थे। बिनू की मौत के बाद धन्ना को अपना हिस्सा लिखकर वे जो गए तो अब की बार ही आए। बिनू की मौत के करीब पाँच साल बाद उसकी माँ का देहांत हो गया था। तेरह-चौदह वर्ष के बाद वे आए थे। पहले की तरह इस बार भी

उन्होंने हरबर्ट को साथ ले जाकर हाकर्स कार्नर से दो धोतियाँ और दो फुलशर्ट खरीद दिए थे।

नई धोती और शर्ट पहने हरबर्ट सो रहा था। सफेद पंख जैसे बादल की ओट से सूर्य की छटा निकली थी। अधभीगी साँस की तरह हवा चल रही थी। हरबर्ट ने देखा था सपना।

'क्यों नर-वेश में यह खेल तुम्हारा ?
वे क्या बड़े अपने हैं तुम्हारे ?'

—नगेंद्रबाला मुस्ताफी

विशाल, कितनी दूर तक फैला हुआ है काँच का एक परदा। उसके इस पार एक ऊबड़-खाबड़ कच्चा रास्ता है जो काँच के परदे के पास से होते हुए समानांतर चला गया है। उस पार एक सुनहरे पहाड़ के नीचे की ओर एक विशाल गुफा दिखाई दे रही है। जिसमें ऊपर की ओर बर्फ की झालर की तरह पतले पत्थर लटक रहे हैं, फिर वैसे ही निचली सतह से भी उभरे हुए हैं—बिनू की आवाज हरबर्ट को आज भी स्पष्ट सुनाई देती है—ऊपर से जो कुछ लटक रहा है स्टैलाकटाइट है और नीचे से जो उभरा हुआ है वह स्टैलागमाइट है। वैसा ही तो है, किताब में बिनू ने दिखाया ही था। फिर पहाड़ खत्म हो गया। वह चल रहा है, चलता ही जा रहा है। कभी काँच के उस पार पानी। कभी आकाश। रोशनी कम होती जा रही है। वापस लौटना होगा इतना रास्ता। कहाँ लौटना होगा ! यह डर होने के साथ-साथ हजारों-हजार कौवों का हुजूम एक बादल की तरह काँच के पास उस पार भागता हुआ आया। काँच पर वे चोंच मारने लगे। पंख फड़फड़ा रहे हैं। लेकिन कोई आवाज नहीं। कौवों के खून, कौवों के बीट से सन-सनकर काँच गंदा हो रहा है। उन असंख्य कौवों के बीच हरबर्ट ने बिनू को देखा। अस्सी के दशक का मध्य

भाग है यह। मौत के बाद यह पहली बार बिनू दिखाई पड़ा। बिनू स्थिर खड़ा है। वह कुछ कह रहा है। कौवों की बाढ़ बार-बार आकर बिनू को ढक दे रही है। काँच के नीचे उस पार मरे हुए कौवों का ढेर लगता जा रहा है। बिनू थोड़ा आगे आ गया। बिनू हँस रहा है। हरबर्ट भी हँसा। हाथ हिलाया। बातें, बिनू की बातें काँच के इस पार प्रतिध्वनित हो रही हैं, बहुत दूर से आ रहे माइक के संगीत के साथ–

'हरबर्ट काका, पूजाघर में डायरी...हरबर्ट...काका...डायरी काली की तसवीर के पीछे...डायरी...'

काँच के करीब आ गया है बिनू। बिनू एकटक ताक रहा है। थोड़ा ऊपर की ओर। इस तरह कोई हमेशा टकटकी लगाए नहीं रहता। कुछ न देखने के लिए भी ताकते रहना।

हरबर्ट हड़बड़ाकर उठ बैठा। मुँह से टपकी लार को शर्ट की आस्तीन से पोंछा। निंदियारी आँखों से उसने आकाश में राम धनुष (इंद्रधनुष) देखा। मानो राम धनुष के ऊपर कुछ लोग चल रहे हैं। सीने में रेलगाड़ी चलने जैसी आवाज हो रही थी। शहर का बेमतलब शोर। हरबर्ट छत से उतर आया। पूजाघर में नहीं घुसा। सीधे दूसरी मंजिल के बरामदे में गया। बड़ी माँ चटाई पर बैठी हुई थी। कृष्ण दा, धन्ना दा, धन्ना भाभी चाय पी रहे थे। धन्ना कुछ कहने ही जा रहा था, हरबर्ट जोर से चिल्लाया–

'बड़ी माँ, सपना देखा है ! सपने में बिनू आया था। बोला... (सब दिमाग से उड़ा जा रहा है। फिर याद आ रहा है, हलका-हलका, धुँधला...)'

कृष्ण दा मुसकराए–'बिनू को सपने में देखा ?'

अब एक के बाद एक याद आया।

'देखता क्या ! इतने कौवे कि देखना ही मुश्किल। बिनू, बिनू बोला–चलो–देखोगे चलो बड़ी माँ...'

धन्ना दा ने कहा–'जो कुछ भी बोला दिमाग स्थिर करके कहो। गायब न हो जाए। सपना है तो !'

'बोला, बड़ी माँ के पूजाघर में, कालीजी की जो तसवीर है (हरबर्ट सिर पर हाथ रखता है) उसके पीछे बिनू की डायरी है।'

बड़ी माँ ने उठने की कोशिश की–'पकड़, मुझे सहारा देकर उठा। ओह माँ !'

हरबर्ट को अच्छी तरह याद था कि आगे-आगे लँगड़ाती हुई बड़ी माँ, उनके पीछे हरबर्ट, धन्ना दा–भाभी, अंत में कृष्णलाल ने धुँधलके में सीढ़ियाँ चढ़ी थीं। साँकल उतारकर पूजाघर खोला गया था। पूजाघर की मद्धिम रोशनी जलाई गई। माँ काली की तसवीर दीवार के बीचोबीच लटकाई हुई थी। बड़ी माँ ने जब तसवीर को प्रणाम करके उसका नीचे का हिस्सा सामने की ओर खींचा तो एक छिपकली दौड़कर दीवार पर ऊपर की ओर चली गई। भारी तसवीर थी। बड़ी माँ ने कहा–'धन्ना, जरा खींच तो ! इतनी भारी तसवीर मैं क्या खींच सकती हूँ ?'

फ्रेम की हुई इतनी बड़ी काली की तसवीर। नीचे का हिस्सा सामने खींचने से कुछ नहीं हुआ।

'कुछ रहने पर तो निकलता !'

बड़ी माँ बोलीं–'सब मिलकर तसवीर को नीचे उतारो और पलटकर देखो।'

फ्रेम को पलटकर दीवार के सहारे तसवीर खड़ी करते समय ही सबने देखा था। फ्रेम की लकड़ी पर लगी कीलियों को घुमाकर उनमें अटकाकर रखी मकड़ी के जाले और धूल में लिपटी एक छोटी सी

डायरी। नीचे से चीत्कार सुनाई पड़ा—'पिउ कहाँ ! पिउ कहाँ !!'

'ओह वे कितने सारे कौवे रे बाप ! काँच पर यहाँ से वहाँ चोंच मार रहे हैं और पंख फड़फड़ा रहे हैं। उसके बीच गाना भी चल रहा है। बिनू खड़ा हँस रहा है। कुछ भी सुनाई नहीं पड़ रहा है। इसके बाद कान में आई सुनसान में बात करने जैसी आवाज। साफ-साफ सुना...बोलते ही उस बार की तरह मर गया।...'

हरबर्ट को खोज मिल रही है। इस बार उसे जोर लगा देना होगा। बिनू का समय आया था। इस बार उसका समय है। सब उलट-पुलट कर देना होगा। तहस-नहस करके, अगड़म-बगड़म करके दुनिया-संसार में एक तांडव मचा देना होगा।

'प्राचीन काल में इस देश में अनेक भूतविद्याविद् ऋषि थे। सुनने में आता है कि आज के युग में भी अन्य स्थानों पर अनेक भूतविद्या विशारदों ने जन्म लिया है। लेकिन ऋषियों-मुनियों के विचारों और इनके विचारों में भिन्नता दिखाई देती है। ऋषियों के मतानुसार जो भी प्रेत योनि में हैं उनका आह्वान या उन्हें आकर्षित किया जा सकता है। यहाँ तक कि देव-गंधर्व आदि देव योनि जिन्होंने प्राप्त की है, उनका भी आह्वान किया जा सकता है।... सुनने में आता है, आज के भूतविद्या-विशारद किसी मृतात्मा का ही आह्वान कर पाते हैं या करते हैं, यहाँ तक कि बुद्धदेव की आत्मा का भी कहते हैं कि किसी पंडित ने आह्वान किया था।'

(परलोक रहस्य)

'कंपित हृदय और धड़कती छाती के साथ कक्ष की ओर बढ़ा। अभी-अभी शैया छोड़ी थी—इतने में फर्श पर मेरी दृष्टि पड़ी, मैंने विस्मय के साथ देखा—पाँच-सात तुरंत कटे नरमुंड कक्ष की फर्श पर लोट रहे हैं। उन मुंडों की विकट दंत पंक्तियाँ-भीषण भृकुटी-लपलपाती

जिह्वा—मेरे मन में भीषण आतंक उत्पन्न हुआ। मैं पुतले की तरह खड़ा रह गया—एक पाँव भी बढ़ाने का साहस नहीं हुआ। अगले ही क्षण पुनः गगनभेदी चीत्कार !'

(सर्कस में भूत का तांडव)

'पिउ कहाँ ! पिउ कहाँ !!'

कृष्णलाल के लौट जाने के बाद हरबर्ट ने बड़ी माँ को बता दिया कि वह नीचे के कमरे में कारोबार शुरू करेगा।

पाँच

तुम न करते यदि महासाधना
तो भारत यह जागता नहीं, जागता नहीं।

—द्वारकानाथ गंगोपाध्याय

धन्ना के मार्फत ही अलौकिक रूप से स्वप्न के माध्यम से बिनू की डायरी मिलने की बात पूरे मुहल्ले में फैल गई थी। कारपोरेशन पार्क के किनारे रविवार की शाम के अड्डे पर धन्ना ने जैसे ही यह बात बताई, बड़िलाल, क्षेत्र, गोबी, उंजे, हरताल आदि मुहल्ले के सीनियर लोग आश्चर्यचकित हो गए।

गोबी जो महाशराबी था, वह लाल आँखों से पानी की ओर देखते हुए भावुक होकर बोला—'असल बात क्या है, जानते हो ! सब माँ का खेल है। किसके माथे पर कब कहाँ धीरे से हाथ रख देगी, कोई नहीं कह सकता ! हरबर्ट यह कर सकता है, किसी ने कभी सोचा भी था ?'

'बहुत से लोग कहते हैं कि तारापीठ में किसी एक बाबा की समाधि है, वहाँ एक बोतल शराब चढ़ाने पर क्या तो दिव्य-दृष्टि मिलती है !'

'उतनी दूर की क्या जरूरत है। जाओ न, यहीं घुटियारी शरीफ घूमकर आओ। देखोगे वहाँ कितनी तरह के कांड होते हैं।'

बड़िलाल ने दूसरी वजह से जाने के बारे में सोचा था। उसका

भाई गामा पिछले साल देसी दारू पी-पीकर लीवर सड़ जाने से मर गया था। मर गया सो मर गया। लेकिन उसके मरने के बाद से घर में आज इसको बुखार, कल उसको पेट खराब तो कोई परीक्षा में फेल, यह सब लगा ही हुआ है। हरबर्ट क्या इसके बारे में कुछ बता पाएगा ?

हरबर्ट के कमरे में उस समय मुहल्ले के दूसरे लड़के भी थे। हरबर्ट के मन में उस समय एक जोर आ गया था। वह कुछ देर तक एकटक बड़िलाल की आँखों में देखता रहा। फिर बोला—'एक साल हो गया, न ?'

'ठीक-ठीक ग्यारह महीने हुए हैं। श्राद्ध-शांति आदि सबकुछ तो किया है। बरसी भी होगी।'

'वह सब तो किया, समझा ! लेकिन पानी के बिना जो मरने-मरने को हो गया है रे...'

'कौन ?'

'और कौन ? चंपा का पौधा रे, चंपा की झाड़।'

बड़िलाल बेहद घबड़ा गया। छत की बागवानी गामा का इकलौता शौक था। वहाँ लकड़ी के बाक्स में गामा ने चंपा का पौधा लगाया था। सच ही तो है।

हरबर्ट भी छत से देखता था कि गामा पूरी शाम छत पर बागवानी के जतन में लगा रहता, मिट्टी खोदता, पानी देता।

हरबर्ट ने यह भी देखा था कि हरी-भरी चंपा की झाड़ सूखकर काँटा होती जा रही है। बड़िलाल जल्दी से उठकर चल दिया। इस बार हरबर्ट ने जबरदस्त पत्ता खेल दिया।

'यदि देखो कि वह पौधा मर गया है तो उसे उखाड़कर एक अच्छी सी कलम अगली बरसात में रोप देना। और यदि जिंदा है तब तो कोई बात ही नहीं। दो-चार दिन जड़ में पानी डालते ही पता

चल जाएगा।'

बड़िलाल के पैर काँप रहे हैं। हरबर्ट रुकता नहीं, रुकने से अभी काम नहीं चलेगा, रुका नहीं जाता।

'असल में क्या है, जानते हो ? खींचो ! खींचो ! मर गया। जला दिया। लेकिन जहाँ अतृप्ति है वहाँ तो मन हमेशा अटका रहेगा। जाएगा कहाँ। सबकुछ तो होने न होने के बीच का खेल है। अंतराल की लीला है। कितनी तरह का तो इंतजाम है। बाद में कभी वह सब बताऊँगा, बड़ि दा ! अभी तो जो मैंने कहा, वह कीजिए।'

बड़िलाल की सेवा से कुछ ही दिनों के अंदर सूखी डालों में नए पत्ते निकले। नई टहनियाँ निकलीं। धन्ना ने कितने ही लोगों से कहा था ! बड़िलाल के लगातार प्रचार से चारों तरफ बात फैल गई। थाने के बड़े दारोगा तक ने यह बात सुनकर अचरज जताया—

'क्या कह रहे हो ? देख रहा हूँ यह तो नेस्त्रोडाम्स जैसा है। एक बार शख्स को देखना चाहिए।'

एक दिन सुबह कोटन और सोमनाथ रिक्शे से पीले रंग पर लाल रंग से लिखा हुआ बँधे हुए टीन का एक बड़ा चमचमाता साइनबोर्ड ले आए—'मृतात्मा से बातचीत—प्रो. हरबर्ट सरकार'।

कृष्ण दा बिनू की डायरी लेकर वापस लौटते वक्त हरबर्ट को सौ रुपए देकर गए थे। उसी से हरबर्ट ने अपना कारोबार शुरू किया। कृष्ण दा तक हरबर्ट के सपने की बात पर न चाहते हुए भी विश्वास करने को बाध्य हुए थे। सच तो यह है कि अस्पताल में बिनू ने हरबर्ट से ये सब बातें कही थीं, यह उसे बिलकुल याद नहीं था। बिनू के दाह-संस्कार के समय इतनी बड़ी तादाद में पुलिस, वैन, बंदूक आदि देखकर डर के मारे उसके होश उड़ गए थे।

'श्रीमृणाल कांति घोष भक्तिभूषण की लिखी हुई 'परलोक की कथा' पढ़कर परलोक संबंधी तथा आत्मा के अस्तित्व के विषय में

दृढ़ विश्वास होगा, और परलोक सिधारे प्रियजनों के साथ वार्त्तालाप करने तथा उनके दर्शन लाभ का उपाय जाना जाएगा।'

मृतात्माओं के साथ बातचीत और भावनाओं का आदान-प्रदान करने के लिए हरबर्ट की अपनाई गई पद्धति पर स्पिरिचुअल दृष्टि से विचार करने से यह एक घालमेल, खिचड़ी-सी लग सकती है। 'टक् टक्' की आवाज के जरिए आत्मा से संपर्क स्थापित करने की जो पद्धति अपनाकर अमेरिका की फाक्स बहनों ने विशेष ख्याति प्राप्त की, यानी 'रैपिंस' नाम से जो पद्धति जानी जाती है, उसका कोई भी प्रभाव हरबर्ट की मृतात्मा के साथ बातचीत पर नहीं पड़ा। स्लेट या कागज पर अदृश्य हाथों की लिखावट वाली जिस पद्धति को एगलिंटन साहब ने, जैसा कि सुना जाता है, 1881 में कलकत्ता में दिखाया था, वैसा भी हरबर्ट ने कभी नहीं किया या सीधे कहा जा सकता है कि नहीं कर सका। एक तरह से हरबर्ट को हम एक किस्म का मीडियम कह सकते हैं। इस विषय में 'परलोक की कथा' से हरबर्ट ने जाना था...इसके अलावा दूसरे जिस उपाय से मृत व्यक्ति की आत्मा से वार्त्तालाप या भावनाओं का आदान-प्रदान हो सकता है, उसमें एक माध्यम व्यक्ति की आवश्यकता होती है। इस माध्यम व्यक्ति को अंग्रेजी में 'मीडियम' कहा जाता है। मीडियम होने की क्षमता सबमें है या नहीं, यह निश्चित रूप से नहीं कहा जा सकता। लेकिन सबमें समान क्षमता नहीं होती, यह प्रमाणित हो चुका है। यह भी देखा गया है कि विशेष विद्या-बुद्धि न होने पर भी किसी-किसी में बचपन से या जन्म से ही यह क्षमता होती है। और कोई-कोई तो विशेष कोशिश करके भी इस क्षेत्र में सफल नहीं हो सका। किसी-किसी के मतानुसार, 'जो लोग तुला राशि के और शांत प्रकृति के होते हैं, जिनमें मन को संयमित करने की क्षमता होती है वे अच्छे मीडियम हो सकते हैं अर्थात् ऐसे लोग मृत व्यक्ति

की आत्मा को सहज ही अपने वश में लाने में समर्थ होते हैं। इसलिए स्त्रियों में ही 'मीडियम' की संख्या अधिक दिखाई देती है।' अचानक, एक स्वप्न के जरिए हरबर्ट की तरह परलोक के साथ संपर्क स्थापित करने की क्षमता प्राप्त करने का उदाहरण स्पिरिचुअल जगत में विरल है। हरबर्ट ने कभी प्लेनचिट लिखने की कोशिश नहीं की। बल्कि कहा जा सकता है कि इसके लिए उसने स्वैर लिपि या आटोमैटिक राइटिंग पद्धति को काम में लिया था। वैसे हरबर्ट की कभी-कभी की आधी-अधूरी आटोमैटिक राइटिंग का बतौर उदाहरण यदि कोई स्टेड साहब की 'वंडरलैंड' पत्रिका रचनावली (विशेषकर मिस जूलियस की आत्मा का लिखा पत्र) या डब्ल्यू. स्टेनटन मोजेज साहब के कृतित्व के साथ तुलना करना चाहे तो अवश्य ही वह हास्यास्पद होगा। हाँ, हरबर्ट ने कभी-कभी ट्रांसमीडियम या मोहाविष्ट मीडियम होने जैसा हाव-भाव जरूर दिखाया था। दिव्यदृष्टि या क्लेयरवैंस कभी उसमें नजर नहीं आया। आरोग्यकारी मीडियम या हीलिंग मीडियम वह कभी नहीं बन सका। मेस्मराइज करने की क्षमता उसमें नहीं थी। आत्मा संयुक्त मूर्तिधारण या मैटेरियलाइजेशन उसकी क्षमता से परे था। रिचेट, क्रुक्स, कोनान डायल, मायर्स--इन महान् हस्तियों के बीच हरबर्ट को स्थान देने की कोशिश नहीं की जा सकती। वह एक 'फ्रिक' है। कलकत्ता में जो लोग गंभीरतापूर्वक प्रेत योनि और मुक्त आत्मा को लेकर चर्चा करते हैं, जिनके बीच संस्कृति की दुनिया के एक प्रवाद पुरुष भी थे, उनके साथ भी हरबर्ट का कोई संबंध नहीं था। सबसे बड़ी बात यह कि धँधा चल जाने से उसके साधारण ज्ञान में भी गिरावट आ गई थी। रुपए के लोभ में वह जो मन में आता, वही करता। कभी मृत व्यक्ति की इस्तेमाल की गई किसी वस्तु या हस्ताक्षर आदि को लेकर ऐसा दिखाता था मानो साइकोमेट्री की सहायता से खोज कर रहा है।

इसके अलावा भी बहुत से लोग जानते हैं कि सचमुच जो स्पिरिचुअलिस्ट हैं, वे ठीक दोपहर को या रात में आधी रात, कड़ाके की ठंड या ग्रीष्म अथवा आँधी-तूफान-बारिश, वज्रपात के समय परलोक के साथ संपर्क करना पसंद नहीं करते क्योंकि ऐसे समय में भूत-प्रेत ही अधिक आते हैं। मुक्त आत्मा प्रायः नहीं आती। लेकिन कौन किसकी बात सुनता है ! फिर हरबर्ट के पास उस समय ठहरने का वक्त कहाँ था !

एकदम शुरू-शुरू में आए थे विनयेंद्र चौधुरी, साथ में थीं उनकी पत्नी अतसी। विनयेंद्र बाबू का इकलौता पुत्र पायलट था। एअर बस की दुर्घटना गें हैदराबाद में उसकी मृत्यु हो गई थी। साल भर हो चुका है। बेटे राहुल की शादी की बातचीत चल रही थी। तभी से अतसी लगभग उन्माद की दशा में है। विनयेंद्र बाबू एक के बाद एक सिगरेट पीते चले जा रहे थे। अतसी हरबर्ट को अपलक देख रही थी और हरबर्ट ने रीढ़ की हड्डी सीधा करके बैठे हुए अपलक दृष्टि से काफी देर तक राहुल का फोटो देखते रहने के बाद आँखें बंद कर ली थीं। दरवाजे के बाहर कोटन आदि खड़े थे। एक बार आँखें खोलकर हरबर्ट ने सामने रखे सफेद कागज पर पेन से लिखा—म, 4। इसके बाद हलकी मुसकराहट के साथ फोटो विनयेंद्र बाबू की ओर बढ़ा दिया। हरबर्ट ने बोलना शुरू किया,

'अकाल मृत्यु, आयु थी, कर्मशक्ति थी—पर कैसे क्या हो गया, उपच्छेद हो गया। शोक ! दुख ! हताशा ! सिर्फ इतना ही नहीं। संपूर्ण मृत्यु ! ओह, कैसे यह सहनशक्ति पाई आप लोगों ने ! माथा टेकता हूँ ! ऐसी सहनशक्ति को माथा टेकता हूँ !'

अतसी जोर से रो पड़ी। हरबर्ट ने भी अपने आँसू पोंछे। उसके चेहरे पर हलकी मुसकान फैल गई।

'लेकिन अब तो दुख की कोई बात नहीं है। दुख का क्या है !

काल राज्य, मृत्यु राज्य—यह तो रहेगा ही। लड़के का मन बड़ा धार्मिक था, देख रहा हूँ !'

विनयेंद्र और अतसी चौंक गए थे, क्योंकि दूसरी मंजिल से गर्जन सुनाई पड़ा था—'पिउ कहाँ ! पिउ कहाँ !'

विनयेंद्र ही बोले—'मुझे जहाँ तक पता है, धर्म-वर्म को लेकर बबलू बिलकुल सिर नहीं खपाता था।'

'नहीं खपाता था ?'

'बल्कि बहस ही करता था। फिर वे तो साईं बाबा के...'

हरबर्ट चिल्ला पड़ा 'रहने दीजिए, और मत कहिए। मैं नहीं सुनूँगा, नहीं सुनूँगा, नहीं सुनूँगा...' (उसने दोनों हाथों से कान ढक लिये।)

दोनों ही अचकचा गए। क्या करें, सोच नहीं पा रहे। कानों से हाथ हटाकर हँस पड़ा हरबर्ट।

'माफ कीजिएगा, मुँहफट आदमी हूँ, न ! तोप-ढककर बात करना नहीं आता। अच्छा, मान लिया आपकी ही बात सही है। यदि ऐसा ही है तो ऐसा क्यों हुआ, बोलिए तो ?'

'क्या हुआ ?'

'हरबर्ट ने कागज की ओर दिखाया जहाँ 'म, 4' लिखा था।

'इसका मतलब ?'

'मतलब ? मतलब जानने से ही तो मेरा खेल खत्म ! उफ् ये—ये शिवदुर्गा आ रहे हैं, कितना बड़ा इंतजाम किया गया है। मैं कहता हूँ, इस फैशन के जमाने में कितने लोग मध्यम धार्मिक होते हैं ? कितने लोग चतुर्थ स्थान में रह सकते हैं ? मैं मरने के बाद रह सकूँगा ? स्थूल पापी बनूँगा, नरक के कीड़े-मकोड़े चबा-चबाकर खाएँगे। आपके बेटे को तो अब आनंद है,—नंदन-कानन आदि स्थान, यक्ष-किन्नर आदि शरीर और इसके उपयुक्त सुख-दुख का

भोग।'

अतसी मानो भावावेग में डूबी सुनती रही।

'क्या बोला जानते हैं, बोला—जप-तप सब व्यर्थ है, मरना जानना चाहिए। मृत्यु के समय अच्छी बातें सोच रहा था, उसी का सुफल भोग रहा है। कितना आनंद है, कितना आनंद है, माँ ! क्यों छुपाकर रखा था, माँ...क्यों ?'

मृत पायलट पुत्र मध्यम धार्मिक अवस्था में चतुर्थ स्थान पर स्वर्गीय सुख के साथ विराजमान है, यह जानकर शांत, निथर अतसी को लिये विनयेंद्र बाबू एंबेसेडर की पिछली सीट पर बैठकर घर चले गए और पर्स में पचास रुपए के दो नोट कम हो गए।

'आपका...'

'मेरा क्या ?'

'मतलब, आपको क्या दूँ ?'

'दीजिएगा ? दीजिए। न दीजिएगा ? न दीजिए। भीख ही जिसका संबल है, लाठी-झाड़ू जिसके सिर पर रोज बरस रहे हैं, वह क्या मोल-भाव करेगा ! तब भी यदि एकाध 'डिग्री' होती, तो कुछ कह भी पाता।'

विनयेंद्र बाबू दो नोट उसके तकिए के नीचे खोंसकर चले गए थे। उसी दिन रात को बीस रुपए की एक देसी शराब की बोतल आई और अस्सी रुपए बक्से में जमा हो गए।

इसके कुछ दिनों बाद हरबर्ट दूसरी मंजिल पर जाकर बड़ी माँ को सौ रुपए और धन्ना भाभी के हाथ में एक डिब्बा मिठाई दे आया बोला, 'फुचका-बुलान को देना। चाचा होकर भी कभी तो कुछ खिला नहीं पाया ?' घूँसों के जवाब में बड़े-बड़े संदेश (एक मिठाई)। बाद में धन्ना को भी जूता मारने से नहीं रहा—'भैया मिठाई खाए थे।' धन्ना ने जवाब दिया—'हूँ ?' कुछ दिनों बाद

धन्ना भाभी बोली—'देवरजी, बाहर कामकाज के लोग आते हैं। आप बल्कि भीतर का ही नल-बाथरूम इस्तेमाल कर लिया कीजिए, न ! किसी ने क्या इसके लिए आपको कभी कुछ कहा है ?'

'नहीं, भाभी। आदत हो गई है, न ! फिर मेरा तो समय का कोई ठीक नहीं। मुझे तो कोई असुविधा नहीं है।'

'नहीं, मतलब आपके भैया ही कह रहे थे, इसलिए मैंने कहा।'

सबसे ज्यादा खुश हुई थीं बड़ी माँ। हरबर्ट के सिर पर हाथ फेरकर कहा था—'मेरा मन जुड़ा गया रे, हारू। इतना अत्याचार, इतनी तकलीफ, मत सोचना कि मेरी नजर से कुछ छिपा है। मुँह बंद किए रहने के बावजूद मैं सब जानती हूँ। पुण्य का काम किया है बेटा, सब माँ काली का आशीर्वाद है।'

'बड़ी माँ !'

'ऊं।'

'वही कहानी सुनाओ, न ?'

'कौन सी ?'

'तुम्हारी शादी की, वही...'

'कदमा। हि हि हि हि। वह तो सुहागरात के पहले की बात है। दूल्हे ने तो किसी तरह से खाया—यह पूड़ी उठाता तो वह आलू गिर जाता। डगमगा रहा था।'

'क्यों ?'

'अरे, साथ में जो दोस्त लोग गए थे, वो छिपाकर शराब ले गए थे। रोज पीता जो था। कितनी किस्म की बोतलें ! उसके बाद, समझा...'

'वो बड़ी माँ, ऊँघ क्यों रही हो ?'

'हाँ, फिर क्या था कि बहू-बेटियाँ सब खिलखिलाकर हँस रही थीं। क्योंकि दामाद को एक 'कदमा' खाने को दिया था, वह तो

बिलकुल हाथी के सिर जैसा था।'

'फिर ?'

'तेरा ताऊ तो उस समय मस्ती में सराबोर था। लेकिन हाँ, बिलकुल लकड़ी का ढाँचा था—बलराम की तरह ! ज्योंही एक बार दाँत से काटा कि बस छिः छिः, ये क्या किया ! हि हि हि हि।'

'क्यों, बड़ी माँ ?'

' 'कदमा' के भीतर जूता। एक पाँव का जूता था। और वह थाली में। आँखें फाड़-फाड़कर इधर-उधर ताक रहे हैं। और लड़कियाँ चिल्ला रही हैं—'दूल्हा जूता चबा रहा है ! यह कैसा दामाद है रे !' वाह, क्या गजब का मजाक हुआ था !'

अपनी सुहागरात की याद क्या गिरीश कुमार को हो आती है ? क्या इसीलिए एक तान में पुकार उठे—'पिउ कहाँ ! पिउ कहाँ !'

बड़ी माँ ने कहा —'यह भी क्या चीज है—बाप रे बाप, पिउ कहाँ ! धन्ना, केष्टो बचपन में जब बदमाशी करते थे तो कहते—'सूअर कहीं के !' दोनों धीरे से जवाब देते—'कलकत्ता के !' सब गायब हो गया। वह तेजी, वह रोब-दाब। सब खत्म होकर यह पिउ कहाँ-पिउ कहाँ ! एक गीत याद आया रे हारू, गाऊँ ?'

'गाओ न। तुम तो पहले अच्छा गाती थीं।'

'सुन ! सुर पकड़ पाऊँगी ?'

'पकड़ पाओगी। बिलकुल पकड़ पाओगी।'

चाँद की रोशनी में बड़ी माँ ने गाना शुरू किया—

'सखी, कैसे जाऊँ जमुना के तीर !
पनिया भरन गई, डगर में जो रूप देखी,
नहीं कोई वैसा अपरूप रे !
वह नव जलधर, कांति मनोहर,
सुन-सुन प्राण सखी।

मन मोरा नाहीं रहा वश में,
हर लिया वह चितचोर,
लाज-शरम की मारी किससे कहूँ मैं।
अबला नारी मैं, रूप से हारी मैं,
हो गई कैसी बावरी।
पनिया भरन भूलूँ, उसको निहारा करूँ,
बोलो सखी कैसा यह मतवारापन।
घर में न लागे मन, सुनूँ जब वंशी-धुन,
हुई यह बड़ी बलाय।
सास-ननद सब देंगी मोंहे ताना,
कैसे जाऊँ जमुना के तीर !!'

गीत पूरा नहीं हुआ। बड़ी माँ फफक-फफककर रोती रहीं। चाँद की तिरछी रोशनी आकर आलमारी के एक पल्ले पर पड़ती हुई फैल गई है। उसके साथ धन्ना के कमरे से आ रही टी.वी. की लाइट बरामदे में मिलकर एक नीली चमकती रोशनी में बदल गई है। उसी रोशनी में बड़ी माँ को छोड़कर आते समय हरबर्ट ने देखा था—दीवार से सटे ताऊ गहरे ममत्व के साथ उस तरफ अपलक ताक रहे थे, जिधर से गाने की आवाज आ रही थी। रोते-रोते नीचे उतर आया था हरबर्ट।

—मन कसकता है। छोटी छत, छाया, रात, सुबह, कौवों की काँव-काँव, सबकुछ के लिए मन कसकता है। पिता के लिए मन कसकता है, माँ के लिए कसकता है, ताऊ के लिए कसकता है। बड़ी माँ के लिए मन कसकता है। सबकुछ के प्रति मोह-माया रह ही जाती है। सबकुछ के लिए मन कसकता है।

अपने कमरे में खाट पर औंधे मुँह तकिया भिगोते हुए हरबर्ट खूब रोता है। बिनू के लिए रोता है। खुद के लिए रोता है हरबर्ट।

बुकी के लिए रोता है। झूठ बोलने के लिए रोता है। रोते-रोते आखिर आँख लग जाती है। नींद में सुबकता है। चित होकर सोता है। नींद में हँसता है। फिर सुबकता है। हँसता है।

पिता ललित कुमार और माँ शोभारानी अपने बच्चे के इस विचित्र भाव को देख रहे थे। विस्मित ललित कुमार को जिज्ञासु दृष्टि से अपनी ओर देखते पाकर शोभारानी स्नेह भीगी मुसकान के साथ बोलीं–'देयला' (नींद में हँसना-रोना) कर रहा है ! (नींद में बच्चे के हँसने-रोने को भगवान से बातचीत करना कहते हैं।)

हरबर्ट का धँधा चलने लगा। एक डॉक्टर आए थे अपने भाई की पत्नी को लेकर। भाई अमेरिका में कैंसर से मर गया। एक एअर होस्टेस आई थी। वह अपने (मृत) पिता से संपर्क करना चाहती है। दोहरे बदन का एक लड़का आया था एक दिन। अपनी माँ के लिए। शायद नया-नया कॉलेज में भरती हुआ होगा। जाते वक्त कह गया–'जो कुछ आपने बताया, सब बकवास था। एक भी ठोस बात आप नहीं बता पाए। असल में मुझे आना ही नहीं चाहिए था।'

लड़के के चले जाने के बाद हरबर्ट कुछ देर तक चुप रहा। फिर बोला था–'आना ही नहीं चाहिए था ! बाप के चूतिये, मैंने आने को कहा था ?'

छह

खुद को भूल गया हूँ, चाहो तो उठाकर चेहरा
हे प्रिय, धीरे से अंकित कर दो चुंबन।

—सरोज कुमारी देवी

1991 के जाड़े में किसी एक शाम को काला अलस्टर और बिनू का दिया हुआ पैंट पहने, जैसा कि पिछले तीन-चार सालों से जाड़े के मौसम में चला आ रहा था, आईने में खुद को देखकर खुद पर मोहित होते हुए हरबर्ट बोल उठा—'कैट-बैट-वाटर-डाग-फिश।'

इस वक्त हरबर्ट क्या करेगा ? उस एडवेंचर के बारे में भी एक अनिश्चित-सा खयाल था उसका। इधर से बीस मिनट चलने पर साहबपाड़ा का इलाका-रास्तों के नाम सुनकर भी अजीब-सा लगता है—लाउडन, रडन, राबिंसन, शर्ट, आउट्राम, वुड, पार्क...

इन रास्तों पर लगातार कई दिनों तक इस तरह के विचित्र शख्स को देखकर दरबान या किसी आया को हो सकता है ऐसा लगा हो कि यह आदमी पागल है और यदि ध्यान से चेहरे को देखा जाए तो लगता है, इसके शरीर में सचमुच अंग्रेज का खून है। वरना वैसा रंग, देखने का वैसा अंदाज, थोड़ी नीली आँखें...

हरबर्ट चल रहा है। अचानक 'पैकर्स एंड मूवर्स' की दुकान के सामने खड़ा हो गया। कुछ बोलेगा ? जैसे कुछ कहना हो। खैर

छोड़ो, अभी न बोलने से भी चलेगा। हरबर्ट बड़बड़ाता है—'कैट-बैट-वाटर-डाग-फिश।'

केक की दुकान से खुशबू आ रही है। काले काँच से दुकान सजाई हुई है। अंदर जाएगा ? अरे बाप रे। कितनी बड़ी जगह में है यह मकान। विशाल गेट। भीतर एक मारुति बैक कर रहे हैं, पीछे सफेद लाइट जलाकर। जो लोग गाड़ी में हैं, उनसे भी ज्यादा अच्छी तरह इस मकान को पहचानता है हरबर्ट। निश्चय ही अंदर लकड़ी की एक सीढ़ी होगी। सीढ़ी ऊपर जाकर दो हिस्सों में दाएँ-बाएँ चली गई है। जहाँ से सीढ़ी दाएँ-बाएँ हुई है, वहाँ बीचोबीच एक आईना लकड़ी के काले फ्रेम में जड़ा हुआ है। फ्रेम एक स्टैंड से जुड़ा है जिसके पाँव बाघ के पंजों की तरह गोल-गोल हैं। दोनों ओर दो बड़ी-बड़ी पीतल की फूलदानियाँ हैं। दाईं ओर की सीढ़ी से ही ऊपर जाने का हरबर्ट को तजुर्बा है। लेकिन ऊपर के कमरे कैसे हैं, कितने कमरे हैं, उस कमरे में क्या हुआ था, कौन रहता था ? सिर दर्द करने लगता है हरबर्ट का। एक सिगरेट सुलगता है। फुटपाथ पर पुराने दिनों का घोड़ों के पानी पीने का लोहे का एक चहबच्चा है। उसके किनारे पर बैठता है। हालाँकि जुबान पर आ ही जाता है—'कैट-बैट-वाटर-डाग-फिश।'

लेकिन एक धुँधलाहट के साथ मानो सफेद पोशाक में, हलका सफेद बदन दिख रहा है, सुनहरे बाल... आँखें मूँदकर सोचने लगता है हरबर्ट...मोमबत्ती जल रही है और उसे फूँक मारकर बुझा देने के लिए कोई आगे झुका आ रहा है, काँच के गिलास की आवाज... हरबर्ट आँखें खोलता है। अँधेरा फैल गया है। रास्ते की बत्तियाँ अभी जली नहीं हैं। गाड़ियों की रोशनी है। हरबर्ट के मन में एक ही साथ आया कि जैसे कुछ कहना हो, और इस मकान में

तो छोटी छत नहीं है।

नामी जौहरी का बेटा अपने कर्मचारियों के साथ आया था और हरबर्ट की बातों से वह बहुत असमंजस में पड़ गया। चेहरा लाल हो गया।

'यह सब क्या कह रहे हैं। मेरे पिता तो देवता आदमी थे। इन्हीं लोगों से पूछ लीजिए न। लंबे समय तक ये लोग पिताजी के यहाँ काम कर चुके हैं—क्यों, दास बाबू...'

'मैंने कहा क्या है कि मुझे उनसे जानना पड़ेगा। मैंने क्या कहा जो निगल नहीं पा रहे हैं। कड़वा लग रहा है। कुछ गाली-गलौज किया है ?'

'ये जो कहा कि पिताजी पापी थे।'

हरबर्ट 'हो-हो' कर हँस पड़ा—मैंने कहा सामान्य पापी, तृतीय स्तर पर विराजमान। मतलब कुछ समझते हैं जो बक-बक कर रहे हैं ?'

लड़का अब चुप हो गया। सुनता गया 'व्यवसायी आदमी। बहुत बड़ा जाल फेंका है, जाल समेट रहा है, मछलियाँ जाल नोच रही हैं, फिर इस तालाब की बड़ी मछलियाँ उस तालाब में छोड़े दे रहा है—क्या समझे ?'

'जी, उनका तो मछली-वछली का कारोबार कभी नहीं था, हम लोगों का तो जेवर...'

'अरे भाई, यह सब है पहेली। समझना होगा। कहता हूँ व्यवसायी माने क्या, धन-संपत्ति का इंतजाम ही न। मरण मूर्च्छा कटने में थोड़ा वक्त लगता है। लेकिन ज्यादा-से-ज्यादा समय लगेगा तो यही कोई डेढ़ साल खींचेगा...उसके बाद मुक्ति मिल जाएगी। मजे में उड़ता फिरेगा। ओह, क्या लीला है !'

'तो हमें क्या करना उचित होगा ?'

'आप लोगों को ? कुछ नहीं। मन लगाकर कारोबार कीजिए। लेकिन हाँ, जमीन को लेकर एक अतृप्ति जरूर है ?'

'जमीन ?'

'हाँ, हाँ जमीन। कह रहा है, बहुत दुश्चिंता है, बहुत अतृप्ति। कहीं कोई झंझट-झमेला है क्या ?'

'जी, यही बारासात की एक जमीन को लेकर जो मामला चल रहा था...'

'रहने दीजिए वह सब सुनना मेरा काम नहीं है। हो सके तो सलटा लीजिए। मेरा क्या !'

'तो हम लोग चलें। आपकी दक्षिणा...'

'रखिए न, यहीं पर रख दीजिए। आप लोगों का क्या, पाप तो मेरा इकट्ठा हो रहा है। अच्छा भाई, राम-राम।'

और एक आदमी बाहर खड़ा था। बड़े-बड़े बाल। चश्मा। खासा स्मार्ट। घी के रंग का रॉ सिल्क का बुश्शर्ट और चाकलेट रंग का फुल पैंट। वह आदमी जौहरी लोगों के चले जाने के बाद अंदर आया—'कब आप थोड़ा अकेले में मिल पाएँगे ?'

'कहिए, अभी तो खाली ही हूँ।'

'नहीं, अभी तो मेरे पास ही वक्त नहीं है। टैक्सी खड़ी है। शाम को आप केस देखते हैं ?'

'जी नहीं, शाम को थोड़ा घूमता-फिरता हूँ।'

'घूमते हैं ? एक दिन न घूमें-टहलें तो क्या आता-जाता है। मामला थोड़ा इंपार्टेंट है।'

हरबर्ट घबड़ा जाता है, 'कोई झंझट-झमेला तो नहीं ?'

'झमेला ! एक तरह से सोचें तो झमेला ही है। हैवी झमेला।

ठीक है, मैं कभी सही वक्त पर आ जाऊँगा। शाम के बाद क्या करते हैं ?'

'लौट आता हूँ , साढ़े सात तक।'

'उसके बाद मुहल्ले के इन लफंगों के साथ 'ड्रिंक' करते हैं। देखिए, मुझे सब पता है। ठीक है, मुलाकात होगी। चलता हूँ।'

'खुलकर कुछ बताया नहीं। खटका-सा लग रहा है।'

'लगता रहे। मैं आऊँगा। आकर खटका दूर कर दूँगा। चलता हूँ।'

राबिंसन स्ट्रीट के नर्सिंग होम से एक गाड़ी बाहर निकल रही थी। ड्राइवर के सिर पर सफेद टोपी थी। उस गाड़ी में बॉबकट बालोंवाली एक खूबसूरत लेडी डॉक्टर को देखकर हरबर्ट चकित रह गया था। विदेशी गाड़ी। टोयटा या डाटसून कुछ होगी। इन गाड़ियों में सस्पेंशन इतना अच्छा होता है कि बिलकुल जर्क नहीं होता, एक लहर की तरह गाड़ी चली जाती है। इसी तरह की एक लहर में लेडी डॉक्टर जब सिर को हलका झटका देकर बाल ठीक कर रही थी, तब हरबर्ट उसे देखकर मुँह फाड़े बुत बन गया था। काँच के भीतर से दिखा वही चेहरा। पहचाना तो है ही। कुछ असंभव जरूरी बातें कहनी थीं। लेडी डॉक्टर ने गौर नहीं किया। ड्राइवर ने गाड़ी चला दी। चली गई लेडी डॉक्टर। लकड़ी की सीढ़ियों से कौन उतरा था ?

फ्रेम में जड़े आईने के दाईं ओर की सीढ़ी से हरबर्ट उतर रहा था और बाईं ओर की सीढ़ी से जो ऊपर चढ़ रही थी, जिसकी पीठ, बॉबकट बाल, कंधा, कमर, सफेद पोशाक पहनी हुई, कुरते में झालर थी। गाड़ी में उस लेडी डॉक्टर को करीब से देखना 1991 के जाड़े में हरबर्ट की एक चकित कर देने वाली खोज थी, लेडी डॉक्टर रुको, इस तरह चली मत जाओ। हाँफते हुए दौड़कर भी मैं तुम्हारी गाड़ी

पकड़ नहीं पाऊँगा—'रुको, सुनो' बात सुनने भर से कौन सा अपराध हो जाएगा, यदि एक बार आईने के सामने जाने पर एक बात भी याद आ जाए—ओह !'

सिर धमधमा रहा है। अलस्टर में गरमी लग रही है। बड़े-बड़े बटन। झटके से खोलते ही मेडल की तरह एक बड़ा काला बटन छिटककर गिर गया। टटोलकर उसे उठा लेता है हरबर्ट। बटन जेब में रखता है। लेडी डॉक्टर को क्या बोलेगा हरबर्ट ? हरबर्ट चल पड़ता है। फुसफुसाता है—'कैट-बैट-वाटर-डाग...'

टहलने के वक्त बार-बार, शाम के शाम इस नर्सिंग होम के सामने आकर खड़े होने के बावजूद हरबर्ट फिर कभी इस लेडी डॉक्टर को नहीं देख पाया। उसे बहुत गुस्सा आया था। आहत भी हुआ था। सुनता कौन है ? लेडी डॉक्टर तो चली गई। सुना ही नहीं। हरबर्ट चलता रहा। मुँह से मशीनगन की आवाज निकाली। हरबर्ट ने मशीनगन देखी थी। सिनेमा में। रट् टाट् टाट् टाट्।

एक अधपगला आदमी हाजिर हुआ। उसकी बहन भाग गई थी। कुछ महीनों बाद हावड़ा स्टेशन पर एक ट्रंक के भीतर बहन के शरीर के टुकड़ों की शिनाख्त करने के बाद से उसका दिमाग खराब हो गया है। वह हरबर्ट के पास आया था।

'मैं ट्रंक, सूटकेस, कोई बंद बक्सा देख नहीं सकता। मुझे हमेशा यही लगता है कि बंद ढक्कन की दरारों से निकले बाल लटक रहे हैं। ढक्कन खोलते ही दिखाई देगा...'

वह आदमी गंदी शर्ट और पैंट पहने हुए था। फफककर रो पड़ा और 'ना' कहने की मुद्रा में सिर हिलाता रहा—'नहीं सहा जा रहा। किसी भी तरह 'स्टैंड' नहीं कर पा रहा हूँ, थोड़ी हेल्प कीजिए। आई शैल डाई, आपके हाथ जोड़ता हूँ, थोड़ी हेल्प कीजिए, आप तो मृत

लोगों के साथ कम्युनिकेट कर सकते हैं, मेरी बहन...'

अब की बार दहाड़ मारकर रो पड़ा वह आदमी। काफी देर तक रोता रहा। जेब से गंदा रूमाल निकालकर मुँह पोंछा, चश्मा पोंछा।

'आपकी बहन का नाम क्या था ?'

'शांता।'

हरबर्ट ने कागज पर लिखा—सानता। फिर नाम के नीचे एक लाइन खींची।

'आपकी बहन का कोई फोटो-ओटो है ?'

'फोटो तो लाया नहीं, लेकिन जाने के बाद उसका एक पत्र आया था। उसकी जेरॉक्स है। दूँ ?'

'जेरॉक्स क्यों ?'

'ओरीजिनल लालबाजार (पुलिस हेड क्वार्टर) में है।'

'बाप रे ! पुलिस की हिफाजत में, अच्छा दीजिए। मुझे पढ़ने की जरूरत नहीं है। बस स्पर्श किए रहना होगा। लेकिन थोड़ा इंतजार करना पड़ेगा आपको। न हो तो घूम-फिर आइए, मतलब अकेले में काम जरा अच्छा होता है इसलिए।'

'हाँ, मैं घूमकर आता हूँ। आप कृपया मेरी हेल्प कीजिए। यकीन कीजिए मैं पागल हो जाऊँगा।'

हरबर्ट समझ नहीं पा रहा था कि उससे क्या कहे। कमरे का दरवाजा बंद करके खिड़की से आ रही रोशनी में 'परलोक की कथा' के पन्ने उलट-पलटकर देख रहा था। सोचा था, 'भ्रातृ स्नेह से मृत भगिनी का आविर्भाव' में शायद कुछ ढूँढ़ सकेगा—'वह सन् 1972 का प्रसंग है। जैसोर के चाँचड़ा राजपरिवार के मुख्य कर्मचारी श्रीनवीनचंद्र बसु महाशय उस समय सपरिवार कलकत्ता में सुकिया स्ट्रीट के 3 नंबर मकान में रहते थे...तो क्या वह चुड़ैल हो गई है ?'

इससे कुछ नहीं मिल सकता। 'मृत पत्नी का प्रतिशोध' या 'सौत पर उसका आगमन' से भी कोई रास्ता नहीं निकला। 'मेरी खोई हुई लड़की ज्योत्स्ना' में बल्कि यह मिला कि उच्च स्तर की आत्मा उज्ज्वल होती है। पर इससे क्या ? हरबर्ट को डर-सा लग रहा था। पूरा मामला ही डरावना था। यह क्या आया रे बाबा। अचानक दरवाजे में खट्-खट् की आवाज। धड़कते दिल से दरवाजा खोलकर देखा, चाय की दुकान का लड़का पाँचू गिलास लेने आया है। पाँचू ने बताया, चाय की दुकान पर तो कोई नहीं बैठा है। तब चप्पल पहनकर हरबर्ट बाहर निकला और सिगरेट की दुकान, बस स्टाप सब जगह देखा—कहीं नहीं था। वह आदमी फिर नहीं आया। हरबर्ट के पास दूसरे नाम-पता लिखे कागजों के साथ शांता की चिट्ठी की जेरॉक्स कॉपी भी रह गई थी।

उस आदमी से ज. कुछ कहा जा सकता था, वह सब लेकिन बाद में काम आ गया। बच्चों का स्पेशलिस्ट एक छोकरा डॉक्टर बेल्जियम की एक खूबसूरत अभिनेत्री टीना के साथ आया था। टीना इंडिया घूमने आई है। टी. वी. और स्टेज पर अभिनय करती है। उसे देखने के लिए हरबर्ट के घर के सामने भीड़ लग गई थी। डॉक्टर हरबर्ट की बातों का अंग्रेजी में अनुवाद करता जाता था। टीना की माँ भी अभिनेत्री थी। लेकिन गाड़ी एक्सीडेंट में अपंग हो गई। टीना के पिता ने दूसरी शादी कर ली। फिर माँ मर गई। टीना को इसका बहुत गम है। स्नेहमयी माँ की आत्मा के अनेक क्रियाकलाप के बारे में हरबर्ट जानता था—विदेशी होने के कारण उसने थोड़ी बेसिक थ्योरी का भी जिक्र किया—'मृत्यु के बाद छः किस्म के प्रेत होते हैं—वे क्या-क्या हैं, कौन किस स्तर में रहता है, माँ का स्नेह किस तरह संकट में रक्षा करता है।' टीना ने बताया था, 'वह लंदन

में एक तिब्बती लामा के पास गई थी। उसने भी कहा था प्रेत छः तरह के होते हैं ! लेकिन उसकी माँ किस अवस्था में हो सकती है, किस तरह से है, वह कुछ भी नहीं बता पाया था।' मेम साहब हरबर्ट को सौ रुपए का नोट देकर गई थी। मुहल्ले में हरबर्ट की इज्जत और भी दस गुनी बढ़ गई। डॉक्टर ने हरबर्ट से एक रसीद पर दस्तखत भी करा लिया था।

'गुरु, तुम तो कमाल कर रहे हो। वह मेम साहब फिर कब आएगी ?'

'उसे जो 'डोज' दिया है, जरूरत पड़ने पर आएगी ही।'

'बॉस, क्या उस मेम को भीतर ले जाकर दरवाजा बंद करके तुमने भूत दिखाया ?'

'तुम लोगों की यही एक खचड़ा सोच गई नहीं। जान लो, वह सब खच्चरपना हरबर्ट नहीं करता। मेम दिखा रहे हो। कितनी वैसी मेम आईं और गईं।'

लेडी डॉक्टर भले ही नहीं दिखी, लेकिन पार्क स्ट्रीट की एक एंटिक की बंद दुकान के काँच के भीतर हरबर्ट ने परी देखी थी। और तुरंत वह समझ गया था कि यह परी ही लेडी डॉक्टर या सीढ़ी से जो ऊपर चढ़ रही थी, उसका बचपन था। परी से बुकी थोड़ी बड़ी ही थी। लेकिन छोटी छत से दिखाई देने वाली बुकी दूसरी तरह की थी। दोनों की तुलना नहीं की जा सकती। लेकिन परी से ही शुरू किया जाए, सुनहरे बाल, पीले रंग के पत्थर से बनी हुई। शरीर पर पत्थर के कपड़े लिपटे हुए थे। बायाँ हाथ मोड़कर सिर के पीछे रखा हुआ। दायाँ हाथ उठकर एक बत्ती को पकड़े हुए है। बत्ती को जलाया जा सकता है क्योंकि काले रंग का बिजली का एक तार वहाँ से होकर उतरा हुआ है। बिजली का तार देखकर हरबर्ट को थोड़ा

अटपटा महसूस होता है। परी के इर्द-गिर्द कितना कुछ है। पत्थर की फूलदानी, पत्थर की कुरसी, पीछे की ओर मुड़ा हुआ लकड़ी का हाथी, पत्थर की मेज पर रखे हुए बड़े से एक जहाज की बत्ती।

'कैट-बैट-वाटर-डाग-फिश।'

इस परी की ओर देखते हुए हरबर्ट अपने कानों में मृत पश्चिमी स्त्रियों का गीत सुन पाया था। वही गीत झुंड में विलाप करते-करते दुकान के धूल धूसरित काँच पर आकर धक्का मारता है। हाय नग्न परी। जर्मन मशीनगनों के सामने मानो वही नंगी रूसी युवती दोनों हाथों से अपने वक्ष ढाँपे काली मिट्‌टी पर भागती जा रही है। वह कोई भी बात नहीं सुनना चाहती। अपने में व्यस्त राहगीर खामोशी से खड़े रहते तो सुन पाते कि विह्वल हरबर्ट सुबक-सुबककर रो रहा है और वह परी धीरे-धीरे ऊपर की ओर उठती जा रही है—उसके गालों को रगड़ दे रहा है डोर से बँधा विशाल बैलून। जाड़े की पार्क स्ट्रीट में रेफ्रिजरेटर की हवा का एक झोंका आकर हरबर्ट से लिपट गया। हरबर्ट अलस्टर का कॉलर उठा देता है और अभी हालीवुड के सिवाय और कुछ के बारे में सोचना उसके लिए असंभव है। अभी भी शाम है। तब भी शाम थी। इसके बाद अँधेरा घिरते जाने पर परी भी छिपने लगेगी। गाड़ियों की रोशनी बीच-बीच में उसे चौंका देगी। लगेगा उसके होंठ हिल रहे हैं। अंधी दो आँखों में पीली रोशनी जल रही है। हरबर्ट ने फुसफसाते हुए कहा था—'सिमटी-सुमटी रहो अभी। फिर आऊँगा कभी।'

वापसी में रास्ते के पेड़-पौधे, परिचित कुष्ठ रोगी, बरामदे के खंभे, साइनबोर्ड, चाय की दुकान, ड्यूटी से घर लौटती आया, नर्स, वेश्या, पार्क के घेरे, जलाधार की दीवारों पर अंकित शेर और मिकी माउस की तसवीर, शहर के पाताल से उठ रहे पानी के फव्वारे—हर

किसी से अलग-अलग कुछ-न-कुछ कहना था। विज्ञापन की विशाल होर्डिंग पर गाड़ी की रोशनी का आना-जाना देखकर हरबर्ट को लगता है वह सिनेमा के परदे की ओर देख रहा है। रास्ते की भीड़ में, कृष्ण दा के बगल में खड़े-खड़े हरबर्ट ने 'फाल ऑफ बर्लिन' देखी थी। साथ में द्वितीय विश्व-युद्ध की और भी डाक्युमेंटरी फिल्में थीं। एक नंगी रूसी युवती दोनों हाथों से अपने वक्ष को ढाँपे काली मिट्टी पर भागती जा रही है और कई जर्मन सैनिक मशीनगन ताने हुए हैं। वह युवती भागती ही जा रही है। वह कोई भी बात सुनना नहीं चाहती। रट्टाट् टाट् टाट् टाट्...

वर्ष का चक्का घूमा। 1992 आया ढलाव, बदनामी-गंदगी, चोरी-चकारी, और हरामीपन का ब्यौरा लेकर। साल की शुरुआत हरबर्ट के लिए बुरी नहीं थी। कुछेक बांग्ला अखबारों में एक-दो लेख भी छपे थे। जनवरी में खास कुछ नहीं हुआ, फरवरी में भी नहीं—चों इक्के-दुक्के केस आ रहे थे। मार्च में भी विशेष कुछ नहीं हुआ। जो पैसा आ रहा था, उससे हरबर्ट खुश ही था। हाँ, दारू और सिगरेट का खर्च बहुत बढ़ गया था। हरबर्ट ने तय किया कि होली जब 18 तारीख को पड़ ही रही है तो रंग-गुलाल में जो भी खर्च होना हो, हो जाए। इसके बाद सबकुछ छोड़-छाड़कर सात्त्विक जीवन बिताएगा। साहस भी पता नहीं क्यों घटता जा रहा था हरबर्ट का। दरअसल गड़बड़ी आ गई थी मशीन में—साउंड है तो पिक्चर नहीं, पिक्चर है तो साउंड नहीं। आदमी भी तो टी. वी. ही है। कुछ दिनों से हरबर्ट के शरीर में भी इधर-उधर 'कें-कों' हो रहा था। बड़ी माँ ने पूछा था—क्यों रे, रुपया-पैसा तो आ रहा है, फिर शरीर इस तरह सूखकर मछली का काँटा क्यों होता जा रहा है ? इसका मतलब ज्यादा नशा-भाँग कर रहे हो।'

‘धत्, क्या कहती हो बड़ी माँ ! दरअसल बात यह है कि खटनी भी तो खूब है न, एकदम से हड्डी तोड़ देने वाली खटनी। इसलिए सब चर्बी सूखी जा रही है। मांस ही नहीं जमता।’

‘चर्बी न होना तो साधु-महात्मा का लक्षण है रे। मेरे हारू को साधु बनने को जरूरत नहीं है। मैं तुम्हारी शादी कराऊँगी। गृहस्थी में बाँधना होगा।’

‘मुझसे कौन लड़की शादी करेगी बड़ी माँ ?’

‘बात सुनो ! कमाऊ लड़का है। देखने में ऐसा देवता जैसा। कहती हूँ, कितनी छोकरियाँ मोती ढूँढ़ते-ढूँढ़ते दूल्हे के घर की तरफ दौड़ेंगी—’

मोती लुढ़क जाता है। उस मोती को ढूँढ़ते हुए कोई भी तो हरबर्ट के पास नहीं आया। न बुकी, न लेडी डॉक्टर। और परी ? नहीं, परी को हरबर्ट किसी भी तरह पत्नी के रूप में नहीं सोच सकता। होली के दिन खूब रंग खेला गया। बालों में किसी ने पता नहीं क्या डाल दिया था कि वह जितना ही पानी डालता, उतना ही रंग निकलता। हरहराकर रंग निकलता ही जा रहा था।

होली के बाद का दिन। खुमारी नहीं गई थी। भरी दोपहरी में उठँगाया दरवाजा खोलकर वही चूतिया हाजिर हुआ, जो घी के रंग का रॉ सिल्क का बुश्शर्ट पहने आया था और कह गया था कि ठीक वक्त पर आकर खटका दूर कर देगा। हरबर्ट उस समय सपना देख रहा था कि अस्पताल के दालान में काँच के बड़े-बड़े बाक्स के भीतर आदमी के शरीर के तरह-तरह के टुकड़े रखे हुए है। सद्यःजात बच्चे, जिनके अभी ठीक से नाक-मुँह तक नहीं बने हैं। इन्हीं सबके बीच से वह एक नंगी लड़की को उठाए भाग रहा है। नंगी लड़की लेकर वहाँ से निकलेगा कैसे ? उपाय था। अस्पताल से बाहर छाया में

कुछ खानगियाँ मुर्दा औरतों के कपड़े बेच रही थीं। सस्ते में नायलोन का एक कपड़ा हरबर्ट ने उस नंगी लड़की के लिए खरीद दिया। कपड़ा पहनी उस लड़की के साथ अस्पताल के गेट से निकलकर हरबर्ट ने देखा कि ट्राम डिपो है। लेकिन ट्राम पर न चढ़कर वे एक रिक्शे पर बैठे। रिक्शा चलने लगा। हरबर्ट की नजर नीचे की ओर गई तो वह अवाक् रह गया—अरे, इस लड़की के पाँव में हाई हील की चप्पल है, इस पर तो उसने ध्यान ही नहीं दिया था। लड़की की बगल यही तो पास में है, नाइलोन से ढका वक्ष जहाँ से उठा है। तभी हरबर्ट ने आँखें खोलीं। घी रंग के रॉ सिल्क का बुश्शर्ट पहना वह आदमी झुककर उसे देख रहा था।

'सो रहे हैं ? सोए रहने से खटका दूर होगा ?'

हरबर्ट हड़बड़ाकर उठ बैठा।

'कहा था न, समय पर आऊँगा। उठो, जागो हरबर्ट सरकार, मुझे तुम्हारी बहुत जरूरत है।'

उसने ब्रीफकेस खोलकर एक चपटी-सी शराब की बोतल निकाली थी। और निकाले थे महीन काँच के दो गिलास। एक पैकेट क्लासिक सिगरेट। लाइटर। हरबर्ट से कहा—'जाओ घोंचू, जाकर मूत आओ, आकर डटकर बैठो। अड़ियल गधे की तरह ताकते मत रहो। जो कहता हूँ, करो। इससे तुम्हारा भी भला होगा और मैं भी चंगेज खान रहूँगा।'

हरबर्ट घबड़ा गया। हड़बड़ाकर उठा और पेशाब-वेशाब करके लौटा तो देखा कि वह आदमी दोनों गिलास भरकर, सजाकर बैठा हुआ है। दोनों ने गिलास उठाए, सिगरेट सुलगाई, उस आदमी ने कहा—चियर्स नहीं, स्कॉल नहीं, हम बंगाली हैं, बंगाल में आजकल सभी कहते हैं—उल्लास।' हरबर्ट भी बोला—'उल्लास'।

इस शख्स का नाम है सुरपति मारिक। मकान, जमीन, भेड़ी (मछलियों के तालाब), कोयला, मोपेड—तरह-तरह की चीजों की दलाली करके काफी अनुभव हासिल किया है। इस देश में जिन लोगों ने सबसे पहले कंप्यूटराइज्ड होरोस्कोप चालू किया था, कहते हैं कि उनमें श्री मारिक भी एक थे। कलकत्ता में बड़े स्तर का प्रोफेशनल फुटबाल मैच शुरू करने के लिए सुरपति मारा-मारा फिर रहा है। रूसी मोदी, रतन टाटा, छाबरिया, अंबानी आदि के साथ पिछले तीन बरसों में फुटबाल को लेकर सुरपति की बातचीत हुई है। लेकिन अब उसकी नजर हरबर्ट पर पड़ी है। नेक नजरों से देखते हुए सुरपति कहता गया—'देखो भाई, तुम्हारा यह भूत-फूत मैं नहीं मानता। उनसे तुम्हारा कैसा संपर्क है, इस पर मुझे न विश्वास है और न अविश्वास। मैं सिर्फ एक बात समझता हूँ—यदि तेलापिया (एक मछली) चहबच्चे में रहे तो उसका साइज बड़ा नहीं हो सकता।'

'मतलब भाई, तुम कहना चाहते हो कि मैं चहबच्चे की—'तेलापिया' हूँ।'

'और नहीं तो क्या ? झील की 'गजाल' (एक मछली), ना समुद्र की 'तिमी' (एक मछली)। स्पेड को स्पेड मैं कहूँगा ही।'

'जो तुम असल बात क्या कहना चाहते हो, साफ-साफ कहते क्यों नहीं। बाद में नशा हो जाएगा तो माथा काम नहीं करेगा।'

सुरपति मारिक ने आँखें बंद कीं। बोलता गया—'गुड। गुड। भूमिका बाँधना मैं भी डु नाट लाइक। असल बात यह है कि तुम्हें मैं टाप लेबल पर ले जाऊँगा। इसमें मेरा भी स्वार्थ रहेगा। वरना यों ही मिनी मैग्ना व्हिस्की नहीं खरीदता। और चाहे जो करो, मुझे भोंदू मत समझना। तुम्हारे जैसे टोकरी-टोकरी भर हरबर्टों को मैं फेंक चुका हूँ। फिर छानकर निकाल भी लाया हूँ।'

सुरपति मारिक ने आँखें खोलीं। बोलता गया—'एक काँच-वाँच लगा, चकाचक ए. सी. ऑफिस। दीवारों पर तरह-तरह की तसवीरें। एक लड़की कंप्यूटर चला रही है। रैक में इस लाइन की कीमती-से-कीमती किताबें झकझका रही हैं। मद्धिम रोशनी में हलका-हलका म्यूजिक बज रहा है। कार्पेट। पाँच सौ रुपए विजिट। मिनिमम। स्पेशल केस होने पर और भी ज्यादा। इसके बाद बांबे, दिल्ली। मर चुके राजनीतिज्ञ क्या मैसेज भेज रहे हैं, उसे जिंदा राजनीतिज्ञों के कानों तक एक बार पहुँचा देना। इस तरह के फटके से किंग पिन, बिग बुलों में से कुछेक को अपने वश में ले आना। साथ ही निर्लिप्ति, श्मशान वैराग्य। । फिर दुबई। बहरीन। मुर्दा शेख, जिंदा शेख। एयर इंडिया। टाटा सियेरा। बोलो हरि, हरि बोल। राम-नाम सत्य है। और नहीं कह पा रहा हूँ। रुको, एक पेग और डाल लूँ। माल बहुत स्मूथ है। क्यों ?'

हरबर्ट जमते हुए नशे से भरोसा जुटाता जरूर है, लेकिन मन में कहीं जैसे—'नहीं हो सकेगा-नहीं हो सकेगा' का भाव बना रहा—'पर यह सब करने के लिए तो अंग्रेजी जाने बगैर नहीं चलेगा। यहीं पर तो मैं गच्चा खा गया।'

'घंटा होता अंग्रेजी से। साला, तुम्हारा इंटरप्रेटर रहेगा। जो भी कहोगे, वह सब फटाफट बोल देगा। पार्टी के गड़बड़ करने पर दाँत पीसते हुए सुना देना—'फक् यू। टिट्। कांट। प्रिक'।'

'तो तुम कहे रहे हो, कर सकूँगा ? मैं डरता हूँ कि कहीं कोई गड़बड़ न कर बैठूँ !'

'अरे धत् ! तुम्हारे मन में केवल डर है। और मेरा मन अभय, निडर है। इंतजाम तो मेरा होगा। फिफ्टी-फिफ्टी। मारिक-सरकार एंटरप्राइज।'

पेट में भरकर पाइंट
यानी राजी है हरबर्ट...

'क्यों ठीक है न ?'

'तुम फिर कब आ रहे हो, भाई ?'

'फिर वही। अरे कब आऊँगा, यह मेरा मामला है। मारिक अलोन विल डिसाइड। अब मेरा काम है तुमको थोड़ा उठाए रखना। जरा-जरा-सी सुगंध हर नाक तक पहुँचा देना। वाशिंग पाउडर निरमा।'

'मतलब ?'

'यह साला तो देखता हूँ बिलकुल स्पेस्टिक है। तुम्हें जो बच्चे 'बाँट पंछी। बाँट पंछी।' कहते हैं, आई सपोर्ट देम। अभी मेरा पहला काम होगा तुम्हारे लिए पब्लिसिटी का इंतजाम करना। सँड़सी-स्ट्रेटेजी। एक तरफ चलेगा—व्हिस्पर कैंपेन... खुसुर-फुसर। दूसरी तरफ अंग्रेजी अखबारों में एक-दो माल भिड़ा देना होगा। खैर, हमारा कारोबार शुरू हो गया। मैं चला। और हाँ, सिगरेट का पैकेट रखो। और इस मुहल्ले के बंका-लेटो, मदना आदि के साथ देसी पी-पीकर लिवर का बारह मत बजाओ। इसके बाद ए.सी. कमरे में बैठकर हलकी रोशनी में हम दोनों 'ब्लैक डाग' पीएँगे।'

सुरपति मारिक जाते-जाते हरबर्ट का गाल पकड़कर हिलाते हुए बोल गया—गुलू गुलू गुलू गुलू।

शाम गहराई। अँधेरे में हरबर्ट क्लासिक सिगरेट सुलगाता है। बुकी, लेडी डॉक्टर, परी...लंबी उसाँस निकली। लेकिन इधर स्वर्ग का दरवाजा जो धीरे-धीरे खुल रहा है। तरन्नुम में हरबर्ट बोल उठा—

कैट-बैट-वाटर-डाग-फिश...

कैट-बैट-वाटर-डाग-फिश...

कैट-बैट-वाटर-डाग-फिश...

अँधेरे में सिगरेट के धुएँ ने तरह-तरह के नक्शे तैयार किए, हालाँकि वह दिखाई नहीं दे रहा था। गोल आग सिर्फ बढ़ती, कम होती रही।

सात

वह सुनो एक स्वर निरंतर, कहता है नहीं है यह विलाप की जगह।

—हिरण्यमयी देवी

निठुर अप्रैल माह में कलकत्ता के कोने-कोने में हत्यारे वायरस तांडव मचाए हुए थे। जो बिलकुल फुटपाथों पर या झोपड़ियों में रहते हैं, उन्होंने इन वायरसों के साथ जबरदस्त मुकाबला किया और विश्वासपूर्वक कहा जा सकता है कि उन्होंने अद्भुत ढंग से प्रतिरोधक एंटी-बॉडी तैयार कर ली। वरना यदि ऐसा नहीं होता तो स्टोन मैन के हाथों उन्हें पाँच-सात की तादाद में मरना न पड़ता, बल्कि वे अपने बाल-बच्चों समेत समूल ही खत्म हो जाते। इन अनजाने, विकट, पिशाचसिद्ध वायरसों ने बड़ी आसानी से मध्य वर्ग को पराभूत किया जिनके शरीर में ऋतु-परिवर्तन के दौरान विटामिन 'सी' की कमी हो जाती है। जो युवतियाँ वसंत के आने पर मादक पराग के रोमांचित कर देने वाले स्पर्श की कल्पना में अपनी देह-लता में आग लगाए हुए थीं, वे भी अश्लील स्वप्न में फूली-फूली इस वायरस को 'प्राणनाथ। प्राणनाथ।' पुकारतीं और अलस नींद से उत्पन्न श्लेष्मा विजड़ित स्थिति में जाग जातीं। युवक तो जागते हुए ही वायरल कुश्ती के बगली दाँव से अनजाने अनायास ही कत्ल हो

जाते। इन्हीं वायरसों को बिना सोच-विचार के बैठे बत्तख की तरह हरबर्ट मिल गया। सभी जानते हैं कि अनथक परिश्रम से अंडे बत्तख देती है और खाता दारोगा है। लेकिन इस मामले में अंडे डॉक्टर खा रहे थे, क्योंकि इस वायरस को मारने का अस्त्र उन्हीं के पास था।

शुरुआत हुई थी पीठ-कमर में दर्द और नाक से पानी आने के साथ। सोचा था, तीखी चर्बी का बड़ा और देसी दारू (खाली बोतल लौटाने पर बोतल की कीमत 2.05 रुपए वापस मिल जाएँगे) जी कड़ा करके गटक लेने से सब दर्द-वर्द गायब हो जाएगा। लेकिन नतीजा एकदम उलटा हुआ। जबरदस्त बुखार आया। साथ में उलटी। दो दिन बाद हरबर्ट को बेहोश देखकर बड़ी माँ ने धन्ना को बताया। धन्ना भुनभुनाते हुए सैलून के पास वाले होमियोपैथ डॉक्टर शीतल को बुला लाया। लेकिन फल क्या हुआ, किसी की समझ में नहीं आया। बुखार और भी तेज हो गया सन्निपात की दशा में शुरू हुआ बकबकाना–

'ढेला मारूँगा। ढेला मारूँगा।' चिल्लाकर हरबर्ट फिर बेहोश हो जाता था। उस वक्त बेहोशी में वह देख रहा था कि किसी जगह फँस गया है। एक गली के भीतर। वहाँ बहुत गंदगी और फिसलन है। लेकिन लौट भी नहीं पा रहा है क्योंकि उस मैले के बीच एक आँखवाली, कानी, जख्मी बिल्ली बैठी है। करीब जाते ही वह काटेगी। उसे भगाने के लिए हरबर्ट आधी ईंट उठाकर चिल्लाता है–जख्मी बिल्ली काटेगी तो ढेला मारूँगा। ढेला मारूँगा।

डॉक्टर, सोमनाथ एक-दूसरे का मुँह ताकते हैं। कोका माथे पर पानी की पट्टी रख रहा है। कितना आराम मिल रहा है। लकड़ी की सीढ़ी चढ़ता हुआ दूसरी मंजिल पर जा रहा है, ऊपर कहीं घर में मोमबत्ती बुझाने के लिए कोई नीचे झुका, वह झुका हुआ देख रहा

है, लेकिन उसे नहीं देख पाता... फिर जख्मी बिल्ली लपककर आती है...

'ढेला मारूँगा। ढेला। मार...'

एक बार हरबर्ट को होश आता है। मानो पानी के नीचे से घर को देख रहा हो। बड़ी माँ, सोमनाथ, बुलान, कोका... खिड़की...

'बड़ी माँ, बड़ी माँ।'

'बोल बेटा। मैं सुन रही हूँ।'

'बड़ी कमजोरी लग रही है।'

'बुखार हुआ है, न। ठीक हो जाओगे, बेटा।'

'बार-बार जख्मी बिल्ली काटने को आ रही है।'

'अब नहीं आएगी। आएगी तो मैं भगा दूँगी।'

'नहीं आएगी ?'

जख्मी बिल्ली फिर नहीं आई। पर उसी रात हरबर्ट को नजर आया कि नीचे से आधे शरीरवाले कुछ लोग चीत्कार करते हुए दौड़ रहे हैं। कमर के ऊपर का हिस्सा नहीं है। कमरे में कुरसी पर बैठा सोमनाथ झपकी ले रहा था। हरबर्ट के गुँगुआने की आवाज सुनकर उसने बत्ती जला दी। हरबर्ट की आँखें इधर-उधर घूम रही थीं। बाद में थोड़ा पसीना आया। हरबर्ट फिर सो गया। सोमनाथ को भी नींद आ गई। बाकी रात शोभारानी बेटे के माथे पर हाथ फेरती रही थीं। विलायती यूडिकोलन को सुगंध आती रही।

अगले दिन सुधीर डॉक्टर को खबर दी गई। घर आने पर बीस रुपए विजिट। काफी देर तक जाँच की। फिर बोले—'एक खराब तरह का डेंगू आजकल खूब हो रहा है। अबस्कियोर वायरल ओरिजिन। जिसे भी होगा, टाइम लेगा। एक एंटी-बायटिक कैप्सूल दे रहा हूँ।

दिन में तीन बार करके कम-से-कम दस दिन चलेगा। साथ में एक विटामिन भी दे रहा हूँ। वरना और कमजोर हो जाएगा। हलका खाना चलेगा। मैक्सिमम रेस्ट।'

धन्ना ने पूछा, 'चावल कब से खा सकेगा, डॉक्टर साहब ?'

'आज से ही खिला सकते हैं। थोड़ा पेस्ट करके दीजिए। लाइट खाना। सूप...'

सातेक दिन बाद हरबर्ट थोड़ा स्वस्थ महसूस करने लगा। खूब सोता था। गालों पर बड़ी-बड़ी दाढ़ी आ गई थी। दवा, मांगुर मछली, मुसम्मी आदि का खर्च बड़ी माँ ने दिया था। हरबर्ट का बक्सा नहीं खोलना पड़ा था। हरबर्ट जब अचेत था उस दौरान एक रोज सुरपति मारिक आया था। उसका काम थोड़ा आगे बढ़ा है, यह जानकारी देने। हरबर्ट की तबियत के बारे में लड़कों से खोज-खबर ले गया था। अच्छे डॉक्टर ने देखा है, यह सुनकर आश्वस्त भी हुआ था। लड़कों से कहा था—'खैर, थोड़ा स्वस्थ होने पर बताना, कोई फिक्र न करे। बिलकुल प्लान के मुताबिक काम आगे बढ़ रहा है। उसके बारे में अंग्रेजी में दो लेख छपने की बात है। कुछ दिनों के लिए मैं साउथ जा रहा हूँ। इस बीच यदि लेख छप जाते हैं तो लौटकर, मैं उनकी कटिंग लेकर आऊँगा, बता देना। चलता हूँ, भाई। आप लोग बहुत कर रहे हैं। आजकल तो ऐसा दिखाई ही नहीं देता। मुहल्ला-पड़ोस की भावना ही लुप्त होती जा रही है कलकत्ता में। बड़ा अच्छा लगा, भाई। याद करके उससे जरूर कहिएगा। गुड नाइट। गुड नाइट।'

उन सबको मारिक ने क्लासिक सिगरेट पिलाई थी। और, बातें भी उसकी हवाई नहीं थीं। अप्रैल के अंतिम रविवार और उसके पहले हफ्ते के शनिवार को दो अंग्रेजी अखबारों में दो-दो लेख

छपे-‘डेड स्पीक्स इन दि डिवाइन सुपर मार्केट’ और ‘मैसेज फ्राम दि अदर साइड’। सही लोगों की नजर में वे लेख ठीक-ठीक पड़े भी थे। इसके अलावा हरबर्ट के बारे में विस्तृत जानकारी की माँग करते हुए दोनों ही अखबारों के दफ्तर में अमेरिका के ‘फेट’, ‘जेटेटिक स्कॉलर’ और इंगलैंड के ‘फर्टियन टाइम्स’ तथा ‘अनएक्सप्लेंड’ पत्रिका से पत्र आए थे।

दिन भर हरबर्ट अकसर गहरी नींद में सोया रहता था। जागने पर शायद पढ़ना अच्छा लगे, यह सोचकर डॉक्टर उसे कांति पी. दत्त की लिखी ‘भूतों की महफिल में गोपाल भाँड़’ नामक पुस्तक दे गए थे। लेकिन कुछेक पंक्तियों से ज्यादा वह पढ़ नहीं पाता था। सो जाता था। नींद टूटने पर देखता कि शाम की अधमरी रोशनी बंद खिड़की की सलाखों से लिपटी हुई है। इसके बाद कमरे में रोशनी और भी होती जाती। किसी मकान से शायद रेडियो में गाना आ रहा है, या क्या पता। मैना-गौरैया गली के छज्जों के कोटरों में लौट रही हैं। कोई आकर कमरे की बत्ती जला जाया करता था। फिर नींद। नींद टूटी तो देखा कि मुहल्ले के दो-चार लड़के कमरे में चुपचाप बैठे हुए हैं।

‘कमाई-धमाई तो बंद हो गई, रे। यह साला कैसा बुखार है, भाई। हाड़-मांस सब जैसे चूसकर खा गया।’

‘कुछ दिनों में ही तंदुरुस्त हो जाओगे, हरबर्ट दा। और फिर हम लोग तो हैं ही।’

‘हरबर्ट दा, एक बात हिम्मत करके कहें गुरु। पहले बोलो, नाराज नहीं होओगे।’

हरबर्ट को पता था कि वे क्या कहना चाहते हैं। बोला, ‘बक्सा खोलकर ले लो, न। लेकिन हाँ, वकील के लड़के को माँगने पर भी

एक धेला मत देना।'

'नहीं गुरु, हम सिर्फ अपने लिए बीस लेंगे।'

'ले लो, न। बीस-पच्चीस, जितनी जरूरत हो, ले लो। ओह, जाड़ा लग रहा है रे।'

'चादर ओढ़ा देता हूँ।'

'कोई कमरे में रहेगा, न ?'

'क्या बोलते हो गुरु। एक आदमी सिर्फ जाएगा और आएगा।'

'जाएगा और आएगा। यही ठीक है। जाएगा और आएगा। ...जाएगा...और...'

हरबर्ट फिर सो गया।

'जो लोग सामुद्रिक शास्त्र के पंडित हैं, उनका कहना है, हर आदमी अपने कर्म और फलभोग की सूची या विवरण के साथ जन्म लेता है। यह लेखा उसके पूर्व कर्मों के अनुसार विधाता अथवा नियति द्वारा प्रस्तुत होता है। क्या है यह लेखा ?'

सोया हुआ हरबर्ट अपूर्व दिखता है। यदि वह जल में भी डूबा हुआ हो तो उस जलाकाश में भी चाँद और सूरज उगते हैं। तारे विस्फारित नेत्रों से प्रकाशवर्ष की दूरी से रोशनी भेजते हैं। वह रोशनी—पलकों पर पड़े तो जन्मांध चकित और रोमांचित होता है।

'जैसे मनुष्य एक जाति है और इसकी कई प्रजातियाँ हैं, वैसे ही भूतों की एक जाति है और उसकी भी कई प्रजातियाँ हैं। यानी भूत योनि के सभी जीव समानधर्मी या समान स्वभाव के होते हों, ऐसी बात नहीं है। उनमें भी विशेष भाव या तारतम्यता प्रचुर मात्रा में है। उनमें भी ज्ञानी भूत और मूर्ख भूत, शांत भूत और अशांत भूत आदि सभी भेद-प्रभेद है—यह भूतविद्या के पंडितों में अत्यंत प्रसिद्ध है।' (प.र.)

जहाज की बत्ती जल उठी। पीछे मुड़ा हुआ लकड़ी का हाथी सामने की ओर घूमकर सूँड़ हिलाता है। जख्मी बिल्ली आने की कोशिश कर रही थी, हाथी के पैर पटकने पर भाग गई। मामदो भूत से गोपाल की मुलाकत होती है। हरबर्ट काँच की मिसरी को चाट-चाटकर गला देता है। गोपाल भय से काँपते हुए पूछता है: 'आप कौन हैं ?' 'मैं हूँ मामदो भूत।' पत्थर की मेज-कुरसी हवा में उड़ती रही। परी तितली की तरह काँच घर में उड़ती फिर रही थी। नींद में चौंक-चौंककर जाग गया था हरबर्ट। 1992 का 'मई दिवस'। रूस में बोरिस येलत्सिन ने धाकड़ भूतों का सम्मेलन किया है। लाखों कम्युनिस्ट कैपिटलिज्म का भूत देख रहे हैं। सोल्झेनित्सिन के छद्म वेश में रासपुटिन की वापसी हो रही है। युगोस्लाविया टूट रहा है। क्रोशियन टेनिस खिलाड़ी गोरान इवानसेविच सोच रहा है कि तेज गति से 'सर्व' करके जिम कुरियर या आंद्रे अगासी को पीटकर रख देगा। अंतिम बार एक देश के दल के रूप में स्वीडेन में खेलने जाने के लिए कामनवेल्थ ऑफ इंडिपेंडेंट स्टेट्स यानी पूर्व सोवियत यूनियन तैयार हो रहा था। एकीकृत जर्मनी समझ नहीं पा रहा कि किसको लेकर टीम बनाए—पूर्व या पश्चिम ? मुंबई में बैठा हर्षद मेहता नामक एक शख्स बिसात बिछाने की स्वीकृति पाने के लिए दिल्ली से आने वाले टेलीफोन का इंतजार कर रहा था। पोलैंड, चेकोस्लोवाकिया, बुल्गारिया, रोमानिया, अल्बेनिया आदि सभी जगह हंगामा बरपा है। कम्युनिज्म चारों खाना चित हो गया। ऐसे वक्त में कलकत्ता में 1992 के मई दिवस की रणभेरी सुनकर हरबर्ट ने सोचा कि दंगा हुआ है या देश स्वाधीन हो गया अथवा तेरह घुड़सवारों की माया से...

16 मई को हरबर्ट खुद को थोड़ा स्वस्थ महसूस करते हुए छत

पर चला गया था और शाम को वहीं शरीर सुन्न होते-होते उसे नीम बेहोशी आ गई। उस वक्त आकाश में सप्तर्षि, मृगशिरा, कोआसर, पलसर, ब्लैक होल, ह्वाइट डोअर्फ, रेड डोअर्फ—सब साले मौजूद थे। हलका होश आते ही हरबर्ट ने देखा कि दसो नाखून समेत दो विशाल पाँवों के सामने वह झुका हुआ है। उन पाँवों के घुटने तीन मंजिल ऊँचे हैं, उससे ऊपर उसका विशाल लिंग, झूलते अंडकोश, घने यौनकेश और उससे भी ऊपर इतना गगनचुंबी कि सबकुछ धुआँ-धुआँ-सा है। उसने आकाश भेदती आवाज में कहा—'हा-हा हरबर्ट, ललित कुमार के औरस और शोभारानी के गर्भ से निकला स्काउंड्रल, हतभागा, चूतिया हरबर्ट घुटने टेक, घुटने टेक...'

'आप कौन हैं ?'

'सुअर का बच्चा, मैं कौन हूँ ? मैं हूँ धूंई।'

'आप धूंई हैं ? आप ही।'

'चुप। एक भी बात बोलोगे तो मुँह में पाँव घुसेड़ दूँगा। यह देख मेरा बाप लंबोदर है। यह बादल नहीं है, रे। वही है। यह देख निशापति है। इसके पीछे यह जो चीख रहा है, यही है श्रीधर।'

'जी, चीख क्यों रहे हैं ?'

'कर्म दोष से भगंदर हुआ। चीखेगा नहीं तो क्या गाना गाएगा ? जो भी हो, झाड़-पीटकर तू तो अच्छा ही जमाए हुए है। साले खच्चर।'

धूंई हू-हू करता है। हरबर्ट ने घुटने टेककर प्रणाम किया। लेकिन तभी एक के बाद एक कितने ही तसवीरी लोग घेरकर उसे उछालने-फेंकने लगे, मानो वह कोई गेंद हो। निःसंतान केशव और हरिनाथ में लगातार खून की उलटियाँ करने की जैसे होड़ लगी थी। धूंई ने कहा, 'यह कहता था कि चंपा की खुशबू वाली एक हाँड़ी

शराब पीऊँगा तो वह कहता था कि केले की महकवाली दो हाँड़ी शराब पीऊँगा। इनके लिए चंदननगर से शराब आती थी। लिबर्टी, इक्वलिटी, फैटरनिटी।'

'उसके बाद ?'

'चुप। शराब का कंपटीशन एक बार शुरू होने से कभी नहीं रुकता। कल्पांत तक चलता रहेगा। कपात्।'

'दुहाई आपकी। 'कपात्' बोलकर मुँह मत बंद कीजिए।'

'देखता हूँ तुम्हारी तो जानने की बहुत इच्छा है। तो देख, यह जो साधू देख रहे हो, लिंग में लोहे का कड़ा लटकाए उछल रहा है, इसे पहचानते हो ?

'नहीं तो।'

'हाँ, इसे क्यों पहचानोगे ? तुम तो पहचानोगे दुनिया भर की बरबाद लड़कियों की लेडी डॉक्टर को। यह है गृहत्यागी गोपाल लाल। कोई प्रश्न है तो पूछ।'

'इन्होंने गृह क्यों त्यागा ?'

'क्यों त्यागा ? सुनोगे ?'

'हाँ, सुनूँगा।'

'घर के रसोइए की बेटी को गर्भ ठहर गया था, इसलिए।'

तभी सिर विहीन कोई हाहाकार करता हुआ आया और सस्वर पादता हुआ विष्ठा कर दिया।

'ये कौन हैं ?'

'ये नहीं। बोल, यह चूतिया कौन है ? यह है पालित पुत्र झूलन लाल। इसी का गला काटकर तो बिहारीलाल ने 'पिउ कहाँ' और तेरे बाप को जन्म दिया था। और, यह जो देख रहे हो, दूर बैठा रानी विक्टोरिया के साथ बड़े मनोयोग से लूडो खेल रहा है, उसके पाँव

के नाखूनों को एक बार माथे से लगा। यह है वाराणसी लाल। फिरंगियों के साथ कारोबार में मगन था। कामुक अंग्रेजों को देसी औरतें सप्लाई करता था।'

'उसके बाद ?'

'उसके बाद सब बुड़बक (बेवकूफ) निकले। लेकिन हाँ, हम लोगों की औरतें सभी अच्छी थीं। शंखिनी या पद्मिनी एक-दो थीं, ज्यादातर हस्तिनी ही थीं। उन्हें फिर कभी दिखाऊँगा।'

अचानक कूद कर लंबोदर उतरा। वह सिर्फ उदर भाग तक ही था। हरबर्ट ने माथा टेका।

'मुक्ति चाहते हो ? हरबर्ट। हारा। आत्महारा। श्यामा या दक्षिण काली का ध्यान कर। क्रिं क्रिं हूँ हूँ ह्रीं ह्रीं...'

श्रीधर बोल उठा, 'वह सब भंड-कथा छोड़ो। आधा काली के अलावा कोई नहीं है, रे। हारू, हाराधन...ह्रीं क्रीं क्रीं परमेश्वरी स्वाहा।'

हरबर्ट लड़खड़ा गया। क्रिं क्रिं गुह्यय कालिके क्रीं ह्रीं श्रीं श्मशान कालिके ऊँ काली करालवदना निमग्नरक्तनयना चाममांसचर्वण तत्परम। पालित पुत्र, झूलन लाल बिना गाँड़ धोए वैसे ही सिरविहीन नाचने लगा। फिर कहीं से सूट पहने ललित कुमार आ गए 'लाइट। लाइट।' कहते हुए चिल्लाए। उसी वक्त दूसरी मंजिल पर जिंदा ताऊ अपने स्वभाव के मुताबिक 'पिउ कहाँ। पिउ कहाँ।' बोले जा रहे थे। जब तक यह दौर खत्म हुआ तब तक गगनचुंबी धूंई सूक्ष्मातिसूक्ष्म होते हुए परमाणु में तबदील होते चले गए, इसके विपरीत उनका कंठस्वर क्रमशः ऊँचा होता हुआ कानों के सहन करने की डेसिबल-सीमा को पार करता चला गया—

'हरबर्ट, तुम लकड़ी की चिता पर जलोगे...हरबर्ट, तुम

लकड़ी की चिता पर जलोगे...हरबर्ट, तुम लकड़ी की चिता पर जलोगे...'

17 मई, 1997। हरबर्ट को एक पत्र मिला। वह सफेद कागज पर टाइप किया हुआ था। उसका विवरण कुछ इस तरह था—

महोदय,

अखबार और लोगों द्वारा आपकी 'अलौकिक' क्षमता के बारे में जानकारी पाकर आपको यह पत्र दिया जा रहा है। हम, तर्कवादी संघ के कार्यकर्ता, विगत कई वर्षों से अनेक ज्योतिषियों और बाबाजी लोगों की ठगी के धंधे का पर्दाफाश करते आ रहे हैं। इस बारे में आपको कहाँ तक जानकारी है, हमें नहीं मालूम। लेकिन आपके बारे में हमें कहना है कि आपका यह मृतात्मा के साथ संपर्क स्थापित करना निहायत ढोंग है, लोगों की कमजोरी का फायदा उठाकर आप जो कुछ कर रहे हैं, वह सरासर जालसाजी के अलावा और कुछ नहीं है। आगामी 25 मई को मैं और हमारे संघ के कार्यकर्ता ठीक दो बजे आपके दफ्तर जाएँगे। जिस अखबार में आपके बारे में लेख आदि छपे हैं, उसके संवाददाता-प्रतिनिधि भी रहेंगे। यह पत्र पाने के बाद तीन दिनों के अंदर यदि आप हमारे दफ्तर से संपर्क कर अविलंब यह जाली कारोबार बंद करने का वचन नहीं देते और आपका 'अलौकिक' कार्यकलाप सरासर ढोंग है, यह लिखित रूप से कबूल नहीं करते तो मान लिया जाएगा कि आपने हमारी चुनौती स्वीकार कर ली है।

भवदीय,

प्रणव घोष

महासचिव, पश्चिम बंग तर्कवादी संघ'

हरबर्ट ने पत्र को जोर से ताक पर फेंक दिया।

'ठेंगा। कितने बड़े-बड़े लोग, कितने वकील-मुख्तार, सबने मान लिया और पता नहीं कहाँ से चले आए, कहते हैं कि यह सब ठगी-ढोंग है। और, साला झाँटू तू है कौन कि तुम्हारे पास जाना होगा। मामा का घर है। तू कौन है रे ? भात में खटाई दे रे और बोल राम नाम गप। आओ न, लतखोर, आओ। ऐसा वेदांत सुना दूँगा कि खोपड़ी हिल जाएगी। किसी झमेले में नहीं हूँ , घर से निकलकर नहीं जाता, किसी को फुसलाता नहीं, स्वप्न देखकर कारोबार खोला है तो इन सालों को आग लग गई। यही करके तो बंगाली मरे। मर जाकर...'

हरबर्ट पूरे उत्साह से 'भूतों की महफिल में गोपाल भाँड़' पढ़ने लगा।

आठ

आँखों में झोंककर धूल, गला दबाकर अकस्मात्
पल भर में भेज दो प्यासी मृत्यु के पास।

–प्रमथ नाथ रायचौधुरी

सोमवार, 25 मई, 1992। हरबर्ट ने चाय की दुकान में बोल रखा था कि उसे कुछ चाय की जरूरत पड़ेगी। सुबह बर्दवान से एक आदमी भी आया था। उसको बोल दिया था कि आज कुछ नहीं होगा, अगले हफ्ते आइए। दीवार के ताक को झाड़-पोंछकर किताबें ठीक-ठाक से सजाकर रख दी थी। निर्मला को बोलकर कमरे में झाड़ू लगवा दिया था। यों तो मारिक कह ही गया है कि वह मद्रास से लौटकर आएगा। हाँ, काम आगे बढ़ रहा है। मारिक आदमी है बहुत दिलदार। कुछ न होते हुए भी शराब-सिगरेट खर्च कर गया। दिल न हो तो भला ऐसा होता है ? हरबर्ट को अंदाज नहीं था कि दोपहर को कितने लोग आएँगे। जल्दी से नहा-खाकर सोचा कि थोड़ा सो ही ले। लेकिन नींद नहीं आई। उनके भेजे हुए पत्र को फिर एक बार पढ़ा। पढ़ते-पढ़ते होंठों पर एक उपेक्षा भरी मुसकान फूट पड़ी। कमरे में एक मक्खी घुस आई थी। खिड़की के सलाखों पर भिनभिना रही थी। कुछ कदम चलती, फिर उड़कर दो चक्कर लगाकर लौट आती। मक्खियाँ मरने के बाद क्या हो सकती हैं, सोच

रहा था हरबर्ट। उसी समय चाय की दुकानवाला पाँचू उन सबको ले आया।

'यही तो घर है। काका, आपको खोज रहे थे। नाम बताया तो ले आया।'

इतने लोग। पाँच-सात लड़के। कुछेक चश्मा पहने हुए हैं। दाढ़ी। कंधे पर झोला लटकाए। दो लड़कियाँ। कुछ कहे-सुने बिना ही वे अंदर घुस आए। हरबर्ट ने देखा, बाहर मोटे काँच का चश्मा पहना एक आदमी सलवार-कुर्ता पहनी एक लड़की को उँगली से इशारा कर साईनबोर्ड दिखा रहा है। लड़की ने कंधे से लटकते कैमरे को उठाकर सामने के नलनुमा काले काँच को घुमाया, फोटो खींचा। एक लड़का बोला—आप ही हरबर्ट सरकार हैं। प्रणव दा, अंदर आइए।'

कमरे में एक ही कुरसी थी। उस पर प्रणव घोष बैठा। अच्छा तो इसी आदमी ने पत्र भेजा था। सलवार-कुरता वाली लड़की भी अंदर आई। आते ही फ्लैश चमकाकर कई तसवीरें हरबर्ट की और कमरे की खींच लीं। हरबर्ट चौकी के कोने की ओर खिसक गया। तकिया हटाकर उन सबको चौकी पर ही बैठने को कहा। एक-दो बैठ गए। कुछ दीवार का सहारा लेकर खड़े हो गए। जींस पैंट और शर्ट में जो थोड़ी देर बाद कमरे में घुसी थी, उसे पहले तो हरबर्ट ने लड़का समझा था। उसने एक टेप रिकार्डर, रिकार्ड करने वाला बटन दबाकर चौकी पर रख दिया। प्रणव घोष ने चश्मा उतारा। हाई पावर का चश्मा उतारने पर आँखें अजीब भावहीन-सी दिखीं। गले की भारी आवाज-

'आप जब नहीं आए तो हमने समझ लिया कि आपने हमारा चैलेंज एक्सेप्ट किया है।'

'चैलेंज' शब्द पत्र में था। लेकिन प्रणव घोष के मुँह से यह शब्द इतने धारदार ढंग से निकला कि हरबर्ट का दिल काँप उठा।

'नहीं, असल में चिट्ठी-पत्री तो मैं इतना लिखता नहीं हूँ। फिर पता नहीं आपका दफ्तर कहाँ है। सोचा, जाकर होगा भी क्या ! तबियत भी ठीक नहीं है। डेंगू हुआ था। अभी-अभी उठा हूँ।'

'सो तो ठीक है। लेकिन यह जो आपने कहा कि अपराध नहीं किया है, यह सरासर झूठ है। भयानक अपराध किया है आपने। करते भी जा रहे हैं।'

'क्या अपराध किया है, और यदि किया ही है तो बताइए। ठहरिए-ठहरिए, खिड़की खोल देता हूँ। कमरे में बहुत गरमी लग रही है।

'अपराध ? प्लान करके लोगों को ठग रहे हैं, कितनी तरह की ऊटपटाँग नॉनसेंस बातें सुनाकर लोगों से पैसे ऐंठ रहे हैं और कहते हैं कि कुछ नहीं किया है।'

'किसे ठगा है ? कोई साला आकर सीना ठोककर कहे न, किसे ठगा है ?

हरबर्ट गुस्से से चिल्ला पड़ा। एक लड़के ने ठंडे गले से कहा–'ऐ, एकदम आवाज ऊँची मत कीजिए। स्लैंग मत यूज कीजिए।' यह कहते हुए उसने कैमरेवाली लड़की से कहा–'इन सबको एक्सपोज करते ही देखेंगी कि चीखना-चिल्लाना शुरू कर देते हैं। सोचते हैं, यह सब मेलोड्रामा करके बचा जा सकता है।'

लड़की बोली–'बट ही सिम्स टु बी ए डाड। मिकी, प्रोफाइल लेकिन बहुत हद तक मंटी क्लिफ्ट जैसी है, न।'

मिकी नाम की लड़की खिलखिलाकर हँस पड़ी।

'वो, ही इज ए स्वीट, क्यूट स्माल टाइम क्रुक।

प्रणव घोष भी हँस पड़े—'इक्जेक्टली।'

हरबर्ट को और गुस्सा आ गया।

'ओ अंग्रेजी में बोलकर जो सोचा है कि रगड़ देंगे, वैसा कुछ लेकिन होने वाला नहीं है। अंग्रेजी मरा रहे हैं।'

प्रणव घोष ने भी आवाज ऊँची की—'प्रमाण दूँ ? कैसे आपने लोगों को ठगा है ?'

'दीजिए, क्षमता है तो देकर दिखाइए।'

'आपके पास टीना नाम की एक विदेशी लड़की आई थी, न ?'

सुंदर युवती बेल्जियन अभिनेत्री टीना। कितनी खूबसूरत थी। खिंची-खिंची-सी आँखें। खाली खिलखिलाकर हँसती रही। सिर्फ माँ के बारे में बताते समय चेहरा गंभीर हो गया था, आँखें छलछला आई थीं—हरबर्ट को बड़ी माया लग रही थी।

'हाँ, आई तो थी। साथ में एक डॉक्टर था, क्या तो नाम था उसका ?'

'टीना से आपने क्या कहा था ? मेरे पास कैसेट है, सुनेंगे ?'

हरबर्ट को इस सबकी कोई थाह नहीं मिल रही थी। क्या सब हो रहा है यह। क्यों हो रहा है। प्रणव घोष ने जो कैसेट लगा हुआ था, उसे बाहर निकाला। दूसरा एक कैसेट लगाया। प्ले किया, साथ ही फास्ट फारवर्ड किया जिससे 'किचकिच', 'पैंकपैंक' तरह-तरह की आवाज निकली, स्टाप करके चलाया। टीना की हँसी। हरबर्ट की आवाज—वेरी गुड। वेरी गुड। डॉक्टर की हँसी, रास्ते की आवाज। स्टॉप। फास्ट फारवर्ड। घरघराकर कैसेट भागता रहा। स्टॉप। प्ले। हरबर्ट ने अपनी ही आवाज सुनी-हाँ, ऐसा ही सब विचित्र इंतजाम है। इसकी माँ तो अच्छी हैं, देख रहा हूँ। पंचम स्तर में हैं, जहाँ मध्यम धार्मिक रहते हैं। अरे डॉक्टर साहब, इससे कहिए, बिलकुल

मन खराब न करे। कितने लोग पहुँच पाते हैं इस पाँचवी मंजिल पर। ज्यादातर तो पहली या दूसरी मंजिल के बाशिंदा होते हैं। इसकी माँ तो, देख रहा हूँ , कमाल कर चुकी हैं डॉक्टर। बस एक मंजिल और चढ़ते ही महा आनंद। वह तो मुक्त हो जाएँगी जी।'

डॉक्टर की आवाज।

'जो कहा है, इसे जरा बता दूँ।'

हरबर्ट–'हाँ भाई, बता दो सुनकर मन प्रसन्न हो।'

डॉक्टर–ही इज सेइंग दैट योर मदर इज नाउ इन दि फिफ्थ प्लेन ह्विच इज दि रेल्म ऑफ विंस विथ 'मध्यम धार्मिक'–विंस विथ माडरेट वर्च्यूज...'

टीना–ह्वाट, ओ यस, हाउ एक्साइटिंग, टेल हिम दैट ही इज मार्वेलस, अ मास्टर...

डॉक्टर-टीना कह रही है कि आप बहुत असाधारण क्षमता के अधिकारी हैं...'

स्टॉप। प्रणव घोष ने कैसेट निकाल लिया। जो कैसट पहले चल रहा था, उसे फिर से लगा दिया। रूमाल से चश्मा पोंछकर पहन लिया। इसके बाद रिकार्डिंग वाला बटन दबा लिया–'आप जानते हैं टीना कौन थी ? वह जेनेवा बेस्ड इंटरनेशनल रेशनलिस्ट मूवमेंट की मेंबर है। लंदन का वह तिब्बती लामा, जिसने पॉलिटीशियनों को खरीद रखा था, वह इसी टीना के जाल में फँसकर अभी जेल की चक्की पीस रहा है, जानते हैं ? मैक्सिको, ब्राजील, फिलीपीन में जो सब मिराकल हीलर हैं उनमें से कितनों को वह फ्राड साबित कर चुकी है, जानते हैं ? हमने ही टीना को भेजा था–यहाँ का एक टिपिकल नमूना देखने के लिए।'

'यह कैसे हो सकता है ? साथ में जो एक डॉक्टर था, मेरी

बातों का तर्जुमा कर रहा था।'

'डॉक्टर ? हाँ, अलोक डॉक्टर ही है। वह हमारे संगठन का एक फाउंडर मेंबर है।'

'वैसा करके क्या हल हुआ रे भाई।'

'क्या हल हुआ ? पकड़ में आ गया कि आप ठग हैं। ढोंगी हैं। टीना की माँ अच्छी-भली जीवित है। जबकि आपने एकबारगी फिफ्थ प्लेन में भेज दिया। एपार्ट फ्राम दैट आप तो अनपढ़ हैं। यह सब एफिशियेंटली करने के लिए जिस सोफिस्टिकेशन की जरूरत होती है, वह आप में नहीं है। होती तो 'स' से शांता का नाम नहीं लिखते। विमलेंदु एक नामी थिएटर ग्रुप में है। जो आपके पास आया था—हाँ, वही, ट्रंक में बहन की बॉडी इन सो मैनी पीसेज। उसने तो क्लीयरली मार्क किया था, एट दि मेंशन ऑफ लालबाजार आप असहज हो गए थे। कहिए, खुद को क्या कहेंगे आप ? मृतात्मा से बातचीत !'

दाढ़ीवाला एक लड़का बोल उठा—टॉप कंपनी का मेजर जनरल !

सभी 'हा-हा' कर हँस पड़े। हरबर्ट पसीना-पसीना हो गया। चेहरा लाल हो उठा। ताक से खींचकर 'परलोक की कथा' और 'परलोक रहस्य' निकला।

'इन सबका नाम कभी जिंदगी में सुना है ? सोचते हैं, सब जालसाजी है ? पढ़िए तभी समझ में आएगा क्या लीला है, किस तरह का इंतजाम है।'

'हमें वह सब पढ़ने की जरूरत नहीं है।'

कैमरेवाली लड़की ने 'परलोक की कथा' को उलट-पलटकर देखा और बोली—वही प्लानचिट और स्पिरिट। बुलशिट।'

हरबर्ट चिल्ला उठा—'समझेंगे नहीं, जानेंगे नहीं, दोपहर के वक्त

घर में झगड़ा करने चले आते हैं। शर्म नहीं आती।'

'शर्म किसे आती है, यह तो तब समझेंगे जब पुलिस आकर कमर में रस्सी बाँधकर ले जाएगी।'

'क्यों पुलिस में ले जाएँगे ? ले जाने से ही होगा ?'

'हाँ, ले जाने से ही होगा। क्योंकि आपने टीना को जैसा बताया है, वैसा ही सब अगड़म-बगड़म दूसरे लोगों से बोलकर पैसा कमाया है। यह भी एक तरह की चीटिंग है। चोरी। हमारी रिपोर्ट जाने से क्या होता है, देखिएगा।'

'क्या होगा ?'

'पुलिस आएगी। आपको अरेस्ट करेगी।'

'नहीं ! पुलिस नहीं आएगी, मैंने सपना देखा था। बिनू को पुलिस ने मारा था। गोली से।'

हरबर्ट जोर-जोर से चिल्लाते हुए रोने लगा—'पुलिस नहीं आएगी। मैंने झूठ नहीं कहा है। भूत है। भूत रहेगा।'

प्रणव घोष के इशारे पर लड़की ने इस दशा में एक के बाद एक कई तसवीरें उतारीं। फिर लड़की ने सिगरेट सुलगाई। दरवाजे के बाहर मुहल्ले के लड़कों की भीड़ थी। वे भी सामने नहीं आ रहे। पुलिस का नाम सुनकर हट गए थे।

दीवार से टेक लगाकर जो लड़का खड़ा था, उसने कहा—ऐसे नमूनों की दवा है स्टालिन। पड़ता स्टालिन के पल्ले। स्ट्रेट फायरिंग स्क्वाड।'

हरबर्ट डर तो गया ही था, फिर भी चिल्लाया—'ओ लेनिन-स्टालिन का नाम हम भी ले सकते हैं। पुलिस नहीं आएगी। निर्दोष को पुलिस कुछ नहीं करती। पुलिस तुम लोगों को पकड़ेगी। तुम लोगों के आसपास यमदूत घूम रहा है।'

‘ठीक है, हम लोग चले। टीना की रिपोर्ट मिलते ही हम लोग मूव करेंगे।’

‘चुप रहो। अंग्रेजी मरा रहे हो। मैं भी देख लूँगा। खाली अंग्रेजी बकते हो। गटर की मछली देखी है ? गटर की मछली देखोगे ?’

‘वह सब कर रहे हैं, कीजिए। लेकिन याद रखिएगा सिर्फ आपको क्यों, आप जैसे एक भी चीटिंगबाज को छोड़ेंगे नहीं। सब तांत्रिक बाबाजी लोगों का हम बारह बजा देंगे। किसी को नहीं छोड़ेंगे।’

‘ठीक है, ठीक है। हम लोग भी देख लेंगे।’

‘हम लोग’ कहने से हरबर्ट का किन लोगों से तात्पर्य था, यह स्पष्ट नहीं। वे लोग जब निकलकर चले जा रहे थे तब हरबर्ट नाच-नाचकर कह रहा था—हाय, हाय, क्या मैं बिनू हूँ। कैट-बैट-वाटर-डाग-फिश ! कैट-बैट-वाटर-डाग-फिश !’

नाचते-नाचते हरबर्ट का सिर चकरा गया। चौकी से टकराया। फर्श पर गिर पड़ा। फिर उठा। जितना डर लगता उतना ही उछलता-कूदता। पसीने से तरबतर हो गया। अचानक रुककर बिनू की चौकी, गद्दा, तकिया देखने लगा। बिनू को गोली से मारा था पुलिस ने। तो क्या उसे भी पुलिस मारेगी। और टीना। ऐसी भी धर्मघातक लड़की होती है, कौन जानता था ? कैसी पापी नारी है। यही, यही था तेरे मन में !

‘कैट-बैट-वाटर-डाग-फिश-कैट-बैट-वाटर-डाग-फिश...’

मिकी बोली—‘आदमी लेकिन है बहुत क्रूड, प्रणव दा।’

‘इससे क्या ? इस देश में चाहे कोई कितना ही क्रूड क्यों न हो, क्लाइंट की कमी नहीं है।’

एक लड़की ने कहा—बारुईपुर का वही लेविटेशन वाला केस।

क्या नाम था उस आदमी का ?'

'मोसलेउद्दीन ?'

'हाँ, हाँ, मोसलेउद्दीन। वह आदमी लेकिन ट्रिमेंडस चालाक था।'

'उस लिहाज से कहो तो रियली क्लेवर पैक थे वे सब।'

'कौन-सा प्रणव दा। वही तारापीठ ?'

'नहीं, नहीं, ये जो सात एस्ट्रोलाजर थे, टी. वी. में आया था, न !'

'लेकिन प्रणव दा, वे सब टोटली अरबन थे। चालू तो होंगे ही।'

'क्यों, हरबर्ट अरबन नहीं है ?'

सब चुप हो गए। प्रणव घोष भी कुछ पल खामोश रहे। फिर बोले—कभी-कभी आई वंडर कि लोग यह सब करते क्यों हैं। तुम लोग यदि सोचते हो कि सभी प्लान बनाकर यह सब करते हैं, लाइक कैसानोवा, तो गलत समझते हो !'

मिकी आश्चर्यचकित होती है।

'कौन, कैसानोवा प्रणव दा ?'

'जिस कैसानोवा से तुम परिचित हो, दि ग्रेट लेडी किलर। हो सकता है, वह बहुत चालाक रहा हो। लड़कियों को इंप्रेस करने के लिए खुद को एकल्टिस्ट कहता था। लेकिन कैसलीओस्ट्रो क्यों करता था ? रासपुटिन को एक्सप्लेन करना तो आसान है। उसने तो गेटे को भी इंप्रेस कर लिया था। ग्रेट रास्केल। या दि काउंट ऑफ सां-जरमें। फैसिनेटिंग। इन कंपरीजन अभी-अभी जिसको देखा, उसे क्या कहा सकता है, बोलो ? गोपाल भाँड़ !'

जिन लोगों ने पत्र दिया था, वे लोग, फिर अखबारवाले, कॉलेज के लड़के-लड़कियाँ—सबके चले जाने के बाद कोटन, बड़का, कोका,

ज्ञानवान, बुद्धिमान, सोमनाथ, अभय, घसकट्टा रवि का भाई बापी, गोविंद—सारे लड़कों ने अंदर जाकर देखा था कि हरबर्ट थर-थर काँप रहा है, अकबकाने के साथ-साथ पसीना-पसीना हो रहा है।

कमीज उतार चुका है। टेबुल फैन इधर से उधर अपना सिर घुमा रहा था और हरबर्ट उसके साथ-साथ इधर से उधर जाकर हवा के सामने रहने की कोशिश कर रहा था। उन लोगों ने फैन को एक ओर स्थिर किया। हरबर्ट को उसकी चारपायी पर बैठाकर पानी पिलाया। स्पेशल चाय पिलाई। धीरे-धीरे हरबर्ट सहज हुआ। लेकिन आँखों से डर नहीं गया। बार-बार कह रहा था—'सब गुगली हो गया। सब गुगली हो गया। ओह...धक्-धक् कर रहा है, धक्-धक्, धक्-धक्। यह कैसा इंतजाम है रे बाबा।'

नौ

दुर्भेद्य दुस्तर शून्य, क्षुद्र दृष्टि नर।
वह आग, वह धुआँ ! क्या बचता है फिर ?

—अक्षय कुमार बड़ाल

सुबह नौ-साढ़े नौ। या दस। साइनबोर्ड विहीन कमरा खुलता न देखकर दरवाजे पर धक्का दिया जा रहा है। कोका, बड़का, सोमनाथ भी खबर पाते ही नींद से उठकर आँखें मलते हुए महकते मुँह हड़बड़ाकर आए।

'हरबर्ट दा ! हरबर्ट दा !'

चिल्लाहट-पुकार और दरवाजा पीटने की आवाज दूसरी मंजिल पर भी पहुँच रही थी। तब धन्ना ने फुचका से कहा—'जरा नीचे जाकर देख तो।'

फुचका आधे गाल पर साबुन लगाए नीचे उतारा। कारोबार करता है। अंदाज लगाया, कुछ गड़बड़ हुआ होगा। फुचका ने ही उन सबसे दरवाजा तोड़ने को कहा। दरवाजा तोड़ा गया। कमरे में जमी हुई मुर्दे की महक भक् से बाहर आई। फुचका दौड़ता हुआ ऊपर गया। धन्ना को बताया। हतप्रभ धन्ना दिशाहारा होकर चीत्कार करने लगा, 'खुदकुशी कर ली ! मेरे भाई ने खुदकुशी कर ली !'

धन्ना की पत्नी और निर्मला नीचे उतरीं। फिर रोते-रोते ऊपर

चली गईं। बड़ी माँ पहले तो समझ नहीं पाईं। फिर बेहोश हो गईं। मकान के नीचे भीड़ जुटती देखकर पता नहीं गिरीश कुमार के मन में क्या सुखकर स्मृति जाग्रत हुई कि अपनी उपस्थिति का एहसास कराते हुए वे पुकार उठे—पिउ कहाँ ! पिउ कहाँ !

गोबी, हरताल आदि धन्ना के दोस्त आ गए।

'ऐ, कोई लाश को हाथ मत लगाना। घर का कोई सामान मत छूना।'

'खिड़की खोल दूँ, हरताल दा ?'

'कहा न, एक तिनके को भी हाथ मत लगाना। सुसाइड केस है। जो भी छूआ-छुई करेगा पुलिस उसका हलवा टाइट कर देगी।'

धन्ना रोते-राते नीचे उतरा। मुहल्ले के लड़कों का एक दल साइकिल से थाने की ओर दौड़ गया। थाने के ऑन ड्यूटी अफसर ने सुना। सुनकर बोला, 'धत् साला। दिन बरबाद गया।'

हरबर्ट निर्लिप्त, निर्विकार पड़ा था। इस दुनिया के झूठ-झमेले से अब उसका कोई लेना-देना नहीं। लोगों की भीड़ बढ़ती ही गई। कोका, सोमनाथ, गोविंद—सभी फूट-फूटकर रो रहे थे।

'कल ही तो क्लब की टी. वी. खरीदने के लिए रुपए दिए थे। कितना खर्च कर दिया। जरा-सी भी यदि भनक लग गई होती।'

घसकट्टा रवि का भाई बापी मेंटली थोड़ा अनुस्टेबल दिखाई दे रहा था। अपने भाई के केस के बाद से ही वह थोड़ा असहज हो गया था। वह फुटपाथ पर उँकड़ू बैठा रह-रहकर चीख उठता था, 'हो गया। सब हो गया।'

थोड़ी ही देर में पुलिस की गाड़ी आ गई। अफसर और तीन कांस्टेबल। भीड़ ने सरककर उनके लिए जगह बना दिया।

सब देख-सुनकर अफसर ने पूछा, 'सुसाइड नोट-फोट कुछ रख

गया है ?' कोई कुछ नहीं बता सका। तब अफसर ने ही नजदीक जाकर एक हाथ से नाक दबाए दूसरे हाथ से चित पड़े हुए हरबर्ट की जेब से एक मुड़ा हुआ कागज बाहर निकाला।

उस पर लिखा हुआ था–

चहबच्चा की मछली चली गंगासागर में।
गटर की मछली देखोगे ? गटर की मछली
दिखाऊँ ? कैट-बैट-वाटर-डाग-फिश

—हरबर्ट सरकार

पुलिस अफसर ने नोट पढ़कर कहा, 'बाप रे, इस जन्म में ऐसा सुसाइड नोट किसी ने देखा नहीं होगा। यह आदमी पागल-वागल था क्या ?'

हरताल ने जवाब दिया, 'बिलकुल पागल तो नहीं था। हाँ, थोड़ा सनकी कह सकते हैं।'

मुहल्ले का सुधीर डॉक्टर किसी भी तरह डेथ सर्टीफिकेट देने को राजी नहीं हुआ। बोला, 'हाँ, मेरा पेशेंट जरूर था। लेकिन डेंगू से तो वह मरा नहीं। मेरे ट्रीटमेंट में भी नहीं मरा। मरा है सुसाइड करके एंड दैट टू इन ए घोस्टली मैनर। पुलिस आई है। काइंडली, मुझसे भाई और रिक्वेस्ट मत करो। मुहल्ले के आदमी हो। दो लाइन लिख देने से यदि झमेला मिट जाता तो क्या मैं नहीं लिख देता ?'

मुहल्ले के लड़कों ने इसके बाद सुधीर डॉक्टर को 'हरामी डॉक्टर' कहना शुरू कर दिया। वह सब सुनकर पुलिस अफसर ने कहा, 'ठीक है। मैं थाना जाकर मुर्दा गाड़ी का इंतजाम करता हूँ। कोई एक आदमी मेरे साथ चलिए। कांस्टेबल यहीं रहेंगे।'

'सर, क्या आप फिर नहीं आएँगे ?'

'नहीं आऊँगा मतलब ? देखूँ , यदि शंभुनाथ अस्पताल से

लिखा सका तो फिर वहाँ से काँटापुकुर...'

'सर, हम लोगों को बॉडी कब मिलेगी ?'

'लाश, अभी कितना बजा है, पौने बारह ! यही पकड़िए... सात बजे काँटापुकुर चले आइए, न।... लेकिन हाँ, मोर्ग का मामला है, तो हो सकता और भी टाइम लग जाए।'

'वह सब हमारे ऊपर छोड़ दीजिए। काँटापुकुर में लाइन भिड़ाने में हमें कोई परेशानी नहीं होगी।'

'तब तो कोई बात ही नहीं है।'-

'पुलिस की काली मुर्दा गाड़ी पर चढ़कर हरबर्ट घर से चला गया। दूसरी मंजिल के बरामदे में बड़ी माँ को दोनों तरफ से निर्मला और धन्ना भाभी ने पकड़ रखा था। उस वक्त कड़ी धूप थी। ऐसी कड़ी धूप कि कौवे के गले से भी सूखी आवाज निकल रही थी।

छत पर, कड़ी धूप में खड़ी शोभारानी से ललित कुमार ने कहा, 'शोभा !' सोचता हूँ, कि फिल्म चलेगी भी या फ्लाप करेगी। तुम जो बोलोगी, वही होगा। वही मैं मान लूँगा।'

जवाब में शोभारानी खिलखलाकर हँसती हुई लोटपोट हो रही थीं।

नीचे मेहतर आया और बालटी के गले हुए बर्फ का खून मिला पानी ले जाकर नाबदान में फेंक आया। बोतल, कटलेट की हड्डियाँ, मरा हुआ तिलचट्टा, ब्लेड, सिगरेट के टुकड़े, राख—सब फेंका। बचा हुआ रम एक झटके में गटक गया। फिर कमरा धोया गया। खिड़की खोल दी गई। खिड़की खुलने के बाद, कल से जो मक्खी भीतर फँसी हुई थी, वह सबसे पहले खिड़की की सलाखों पर आकर बैठ गई। फिर बाहर एक-दो चक्कर लगाकर उड़ गई।

मुहल्ले के लड़कों ने मीटिंग करके तय किया कि हरबर्ट को

उसके चौकी-गद्दे पर ही सुलाकर ले जाया जाएगा। 'साहा दा—स्वप्न केस' के बाद से मुर्दे का बिस्तर-तकिया श्मशान में जलाया जा रहा है। हरबर्ट दा का बिस्तर भी उसके साथ चला जाए। लेकिन इस बारे में धन्ना दा की अनुमति लेना निहायत जरूरी है।

धन्ना ने गंभीर होकर सुना।

'मैं भी ऐसा ही सोच रहा था। इन चीजों से उसका मोह जुड़ा था न, सो उसके साथ चले जाना ही अच्छा होगा।' धन्ना याद करता है।

'यह चौकी, गद्दा—सब आया था बिनू के लिए। बिनू भी अपघात से गया और हारू भी चला गया। यह अब क्या होगा ! सब ले जाओ। लेकिन चौकी बहुत मजबूत है। उसे भी ले जाओगे ?'

'वैसी कितनी चौकियाँ आएँगी-जाएँगी धन्ना दा। उसे भी ले जाने दीजिए। हमेशा उसी पर तो पड़ा रहता था।'

लंबी साँस छोड़ते हुए धन्ना ने कहा, 'ले जाओ। हम लोग भी तो एक दिन श्मशान जाएँगे। तो तुम लोग कुछ रुपए-पैसे ले लो, खर्च-वर्च तो होगा ही।'

'वह सब तुम मत सोचो, धन्ना दा। हरबर्ट दा हमारे भी तो भाई थे। हम लोग गाड़ी-वाड़ी सब कर लेंगे। आपसे प्रार्थना है, कुछ मन में मत लाइएगा।'

धन्ना फिर रोने लगा। वे सब इंतजाम करने में जुट गए।

मुहल्ले में लाला का भाड़े के ट्रक का बिजनेस है। ट्रक-ड्राइवर का इंतजाम पलक झपकते ही हो गया। फूल, धूपबत्ती, सेंट, कपड़ा—सब आ गया। ट्रक पर चौकी चढ़ाई गई। गद्दा बहुत भारी था। सबने मिलकर बहुत मेहनत से उसे ऊपर चढ़ाया।

'पुराने जमाने की चीज है, न ! नारियल का अच्छा-खासा

छिलका भरते थे। वजन देखते हो !'

तख्ते के चारों कोनों में रजनीगंधा के गुच्छे बाँधे गए। गद्दे पर तकिया रखकर ऊपर से नई चादर बिछाई गई। अंततः इतने लड़के हो गए कि अलग से एक टैंपो भी करना पड़ा। मुहल्ले से और जो लोग जाएँगे, वे सीधे श्मशान पहुँचेंगे। ये सब काँटापुकुर के लिए चल पड़े। मुहल्ले की भारी भीड़ ने ट्रक और टैंपो की शोभा यात्रा को विदा किया। चलो पानसी-रिमाउंट रोड, काँटा पुकुर। इस दौरान ही देसी दारू की घूँट लेना शुरू हो गया। झट से थोड़ी खालिस दारू गले में उतारकर बोतल पेट के पास कमर में खोंस लिया। ऊपर से कमर में कसकर गमछा बँधा हुआ है।

'...लेकिन प्रेत गण अपने कष्ट के निवारण में पूरी तरह परवश अथवा परतंत्र हैं। इसलिए कोई-कोई प्रेत असह्य यातना सहन न कर पाने की स्थिति में अपने सुहृद एवं आत्मीय जन को पिंडदान आदि क्रिया के लिए उत्तेजित करता दिखाई देता है। या फिर कोई आत्मगोपन अर्थात् अदृश्य रहकर तरह-तरह से संकेत देता रहता है।...भूतों की यह क्रिया शक्ति भूत चालकों से अत्यंत सुपरिचित है। भूत चालक अंग्रेज और भूत चालक बंगाली, सभी भूतों में यह क्रिया शक्ति होने की बात स्वीकार करते हैं। सोचते-विचारते हैं और इस बारे में विभिन्न प्रकार की पुस्तकें लिखकर प्रचारित करने में भी उदासीन नहीं हैं।' (प. र.)

काँटापुकुर में चीर-फाड़, रक्त शून्यता के प्रदर्शन और सिलाई के बाद कपड़े में लिपटकर जब हरबर्ट बाहर निकला तो वह बिलकुल फिटफाट दिखाई दे रहा था, अधिकतर आत्मघातियों की तरह वह मलिन-निर्जीव नहीं दिखता था। इसके पहले पश्चिम में अस्ताचलगामी सूर्य छिटके बादलों में अपनी मनोमुग्धकारी लालिमा की ममता बिखेर

रहा था। पास ही में जो पानी वाली जमीन थी, उसके पीछे से गई रेल लाईन और मैदान से होकर वैगन ब्रेकर चौकन्ने हिरन की तरह भाग रहे थे। मुहल्ले का गोविंद बड़े घर का लड़का है। उसने हरबर्ट के शव पर एक शीशी सेंट छिड़का और चिल्ला उठा, 'साधारण मुर्दा जाता है अगरु लेपकर, गुरु के लिए यह इंटीमेट।'

ट्रक चल पड़ा। एकाएक स्लोगन शुरू हो गया—

हरबर्ट दा, 'जुग-जुग जीयो'

'जुग-जुग जीयो, जुग-जुग जीयो'

'हरबर्ट दा, तुमको हम न भूले हैं, न भूलेंगे'

'न भूले हैं, न भूलेंगे।'

ट्राफिक में ट्रक के रुकते ही किसी-किसी ने पूछा, 'किस पार्टी का लीडर है, भाई ?'

किसी ने जवाब दिया, 'बैंड पार्टी का।'

अचानक ताल-से-ताल मिलाकर ताली बजनी शुरू हो गई। साथ में सीटी और तरह-तरह की अजीबोगरीब आवाज भी। इस तरह अंतिम रिचुअल के जरिए शोक व्यापक आनंदमय कोलाहल में बदलता चला गया। किसी ने इस पर ध्यान नहीं दिया। ध्यान देने की बात भी नहीं थी। केवड़ातल्ला श्मशान के बड़े गेट के सामने जब ट्रक आकर रुका तब तक रात की बत्तियाँ जल चुकी थीं। गेट के निकट हो विलाप करती शोभारानी के बगल में विमूढ़ भाव से ललित कुमार खड़े थे। आनंद ध्वनि सुनकर बोले, 'शोभा, तुम रो रही हो ? यह तो देखता हूँ कार्निवाल है।'

धन्ना, फुचका-बुलान, मुहल्ले के बड़े-बजुर्ग—सब पहले ही आ चुके थे। कोई कागज लिखवाने गया। श्मशान में लाशों के साथ जो लोग आते हैं उनमें से कोई-कोई अन्य लाशों के बारे में जानना

चाहता है कि मृत्यु कैसे हुई। ऐसे ही एक आदमी ने कोका से पूछा और शायद नशे के झोंक में उसने इस तरह जवाब दिया था—

'क्या हुआ था, भाई !'

'किसको क्या हुआ था ?'

'पूछ रहा हूँ, क्या हुआ था आपके भाई साहब को ?'

'मर्डर।'

कोका किसी भी मृत्यु की अंग्रेजी 'मर्डर' ही जानता था। आदमी बांग्ला में 'मरता' है, अंग्रेजी में 'मर्डर' होता है। यह बात फैल जाने के बाद मर्डर केस के विक्टिम को देखने के लिए भीड़ लग गई। जो लोग अन्य लाशों के पास बैठे हुए थे, वे भी कसमसा रहे थे कि उन्हें कब यह लाश देखने का मौका मिले ! धन्ना, विध्वस्त और शोक संतप्त धन्ना ने कहा कि उससे यह सब नहीं हो सकेगा, तब भतीजे बुलान ने ही चाचा को मुखाग्नि दी। श्मशान में पुलिस की कड़ी निगरानी। कुछ टुकड़े-टुकड़े वार्त्तालाप, जोर-जोर से स्लोगन, रोने की आवाज।

'हाँ, हाँ, गद्दा-तकिया के साथ ही जाएगा।'

'हरबर्ट दा, जुग-जुग जीयो...'

'गुरु, तुम चले जा रहे हो।'

'जब तक सूरज-चाँद रहेगा, हरबर्ट तुम्हारा नाम रहेगा।'

'हट जाइए, हट जाइए, लाश जाएगी।'

घड़-घड़-घड़-घड़ की आवाज के साथ विद्युत् शवदाह भट्ठी का दरवाजा ऊपर उठ गया। अंतिम शय्या पर हरबर्ट कुछ सेकेंड के लिए प्रतीक्षामान। स्लोगन चरम पर हैं। केवड़ातल्ला गूँज रहा है। भट्ठी के भीतर लाल तप्त अग्नि शय्या देखकर ललित कुमार बोल उठे थे, 'फैसिनेटिंग।'

बोलने के साथ-साथ कड़ी धमकी आई, 'चुप साला।'

चौंककर सिहरते हुए जैसे ही ललित कुमार ने सिर घुमाया तो देखा कि उनके पास धूंई और थोड़ी ही दूर पर लंबोदर, श्रीधर, निशापति, केशव, सिर विहीन झूलन लाल—सभी खड़े थे।

एक आवाज के साथ हरबर्ट ने भट्ठी में प्रवेश किया। प्रवेश करते ही उसकी देह को ढका कपड़ा, उसके बाल और चादर भक्-से जल उठे। घड़-घड़-घड़ की आवाज के साथ भट्ठी का दरवाजा बंद हो गया। इसके बाद भीतर लगातार गों-ओं-ओं की एक आवाज।

भीड़ से थोड़ा पीछे हटकर उदास खड़े थे सुरपति मारिक। उनकी जेब में थीं अंग्रेजी अखबार की कटिंग। सिगरेट सुलगाकर उन्होंने मन-ही-मन कहा था, 'विदा बंधु, विदा।' ऊपर से लोग उतरते रहे। उतर आए। गों-ओं-ओं-ओं...

इतने में सबको चौंकाता हुआ पहले एक छोटा विस्फोट सुनाई पड़ा। जैसी बालटी से ढके चाकलेट बम के फटने की आवाज आती है, वैसी ही—डूम।

इसकी स्तब्धता खत्म होते न होते और भी बड़ा एक विस्फोट। फिर लगातार। तेज और भी तेज। भट्ठी का दरवाजा काँप रहा है। लोगों ने भागना-दौड़ना शुरू कर दिया। ऑन ड्यूटी पुलिसवाले दौड़े आए। ...ढि...सुम्म...

भट्ठी के ऊपर की दीवार का कुछ हिस्सा टूटकर ईंट-बालू आदि छिटक कर आ गिरा और वहाँ से विस्फोटक के गंधक की गंध मिला कई रंगों का धुआँ निकलने लगा। वहाँ का एक लोकल दादा गरज उठा, 'माल चार्ज कर रहा है, माल चार्ज कर रहा है।'

एक पुलिसवाला यथोचित बुद्धि का परिचय देते हुए आखिरकार ठीक ही चिल्लाया था, 'भट्ठी ऑफ कर दो। भीतर से फट रहा है।'

लेकिन इसके बाद ही एक गगनभेदी विस्फोट के साथ भट्ठी के बगलवाली और पीछे की दीवार भहरा गई। गरम क्वायल के टुकड़े हविष्य का चावल पकाने के लिए रखे पानी में गिरने से भस् से धुआँ उठा। पूरे श्मशान की बिजली चली गई। टूटी हुई भट्ठी की लाल धधकती आग। विकट कांड। अँधेरे में लोग इधर-उधर भागने लगे। श्मशान के विपरीत स्थित किसी मकान से शायद फोन किया गया होगा। पुलिस आ गई। और ज्यादा पुलिस। उस रात पूरे श्मशान को कर्डन कर लिया गया। काफी देर बाद इमरजेंसी लाइन के जरिए किसी तरह सी. ई. एस. सी. (कलकत्ता इलेक्ट्रिक सप्लाई कारपोरेशन) ने बिजली दी। देखा गया कि मानो किसी ने विद्युत् शवदाह गृह की भट्ठी को भीतर से तोड़-फोड़ दिया है। आखिर पुलिस की कड़ी निगरानी में देर रात गए हरबर्ट का सिर, अँतड़ियाँ, हाथ-पाँव, पेट-छाती आदि टुकड़े ले जाकर बगल में मैनुअल पद्धति से लकड़ी की चिता पर जलाया गया।

हरबर्ट के शरीर के टुकड़े इकट्ठे कर जलाए जाने के इनवेस्टिगेशन में शुरू में विवाद उठा था। जो अत्यंत स्वाभाविक था। क्योंकि 1991 की 21 मई को जो घटना घटी थी उसको देखते हुए ऐसा सोचने के पर्याप्त कारण थे—एल. टी. टी. ई. के लाइव ह्यूमन बम धानू के साथ तुलनीय हरबर्ट एक डेड ह्यूमन बम जो था। मोटिव अवश्य स्पष्ट नहीं था। पहली नजर में कोई कारण भी नहीं। क्योंकि श्मशान में उस समय किसी गणमान्य व्यक्ति के आने की बात भी नहीं थी। होती भी तो...इस हाइपोथिसिस को धुरंधर जाँचकर्ताओं ने खारिज कर दिया। दरअसल, कोई-कोई घटना ऐसा प्रभाव छोड़ती है कि उसके बाद होने वाली हर घटना की उसके अनुरूप व्याख्या करने की कोशिश की जाती है। यह आदमी का

स्वभाव है।

जैसाकि हरबर्ट का सुसाइड नोट था—

चहबच्चा की मछली चली गंगासागर में।

गटर की मछली (चेंग) देखोंगे ? गटर की मछली (चेंग) दिखाऊँ ? कैट-बैट-वाटर-डाग-फिश

—हरबर्ट सरकार

इससे भी ऐसा नहीं लगता कि इसमें कोई कोड छिपा हुआ होगा। हालाँकि 'चेंग देखोगे' और 'चेंग दिखाऊँ' में धमकाने का भाव स्पष्ट है। जानते रहिए कि हावड़ा के किसी इलाके में बिलकुल खच्चर और हरामी किस्म के आदमी को 'गटर की मछली (चेंग)' कहते हैं। लेकिन 'कैट-बैट-वाटर-डाग-फिश'। शायद विशुद्ध उन्माद था। वह शख्स तब तक एक्सपोज्ड हो गया था। सीवियर शॉक के बाद अवश्यंभावी डिप्रेशन। और, एबनार्मल तो था ही।

जो भी हो, कोई भी बारूदी रहस्य अंततः दबा हुआ और अव्याख्यायित नहीं रह सकता। देश-काल और राष्ट्र के लिए यह उचित नहीं है। बेशक अनुचित है।

श्मशान विध्वंसी इस हमले के लिए जिम्मेदार ठहराया गया बिनू को। हाँ, मृत नक्सली बिनू को। उसी ने रात-रात में अपने कामरेडों के साथ गोमिया के बारूद कारखाने से चुराकर लाए गए विभिन्न माप और क्षमता वाले पत्थर तोड़ने के काम आने वाले डायनामाइट स्टिक गद्‌दे की परतों में छिपाकर रखे थे। उच्च स्तर के ये डायनामाइट स्टिक पर्याप्त मात्रा में शॉक सहन कर सकते हैं। पीटे गए पत्तर जैसे नहीं कि दबाव पड़ते ही फट जाएँ। देश के विकास में डायनामाइट की उपयोगी भूमिका भला कौन नहीं जानता ?

हो सकता है, बिनू आदि का प्लान कुछ विकट प्रलयंकर घटाने

का रहा हो। शायद, किसी ऊँचे आदमी को मारने का। हो सकता है, इससे भी ज्यादा कुछ अकल्पनीय करने का रहा हो। वैसा कुछ नहीं हो सका। यह सही है कि नहीं हो सका, लेकिन यह विस्फोटक सामग्री विगत दो दशकों तक गद्दे के भीतर ठंडी नींद में पड़ी थी और भट्ठी की आँच पाते ही जाग उठी। और, यह सोचकर अचरज होता है कि 18 मई, 1992 से यदि विद्युत् शवदाह गृह में बिस्तर समेत लाश जलाना शुरू न हुआ होता तो यह घटना घटती ही नहीं। कितना विचित्र है यह डेटोनेशन।

हरबर्ट का रक्तहीन शव जलाते समय जो जघन्य कांड हुआ, उससे इसी बात का संकेत मिलता है कि कब, कहाँ, किस तरह विस्फोट हो जाएगा और यह कौन कर देगा, इस बारे में जानना राज्य-व्यवस्था के लिए अभी भी बाकी है।

दस

यों ही आना, यों ही जाना
न कोई मतलब, न कोई ठिकाना।

–अक्षय कुमार बड़ाल

हरबर्ट के कमरे से बिस्तर, तख्तपोश वगैरह निकल जाने के कारण, वह कमरा बहुत खाली और बड़ा लग रहा था। हालाँकि अंदर किसी ने देखा नहीं था क्योंकि उसके बाद उस कमरे में ताला लगा दिया गया था और बहुत समय तक उसमें कोई गया नहीं। इसके बाद एक दिन, रात में लोडशेडिंग के अँधेरे में जबरदस्त आँधी आई। जिस खिड़की के खुले होने के कारण मक्खी बाहर निकल पाई थी, वह खिड़की खुली ही रह गई था। उन्मत्त, दुर्निवार तूफानी हवा ने पृष्ठ 171 से शुरू 'परलोक की कथा' के पन्नों को उड़ा-उड़ाकर पूरे कमरे में बिखेर दिया था। दीवार में बने ताक पर रखे हरबर्ट के आईने पर चमकती बिजली की रोशनी पड़ती थी तो वह चमक-चमक उठता था। हवा के थपेड़ों से हरबर्ट का अलस्टर झूल रहा था। 'परलोक रहस्य', 'भूतों की महफिल में गोपाल भांड', हरबर्ट की कविता की कापी, शांता और पश्चिम बंग तर्कवादी संघ की चिट्ठियाँ ताक पर ही थीं, लेकिन उलट-पुलट हो चुकी थीं। डोरी पर लटकाया गमछा, शर्ट, धोती आदि उड़कर फर्श पर पड़े थे। इसके कुछ दिनों बाद किसी एक रविवार को धन्ना दा ने कमरा खोलकर कबाड़ी के

हाथों किताब, किताब के पन्ने, कापी, टीन का बोर्ड आदि सब कुछ समेटकर बेच दिया। टेबुल फैन, बक्सा और कुरसी दूसरी मंजिल पर चले गए। बक्से में एक टूटा हुआ डॉटपेन और कुछ छुट्टे पैसे थे। हरबर्ट का छाता, अलस्टर क्रमशः घर के मेहतर और एक भिखारी को दे दिए गए। गरमी के दिनों में कंबल जैसा जाड़े का यह झब्बा लेने में पहले तो उसने ना-नुकुर की, लेकिन भविष्य की बात सोचकर अखिरकार वह उसे लेने को राजी हो गया था। उस भिखारी को हरबर्ट का शर्ट, धोती और गमछा भी दे दिया गया। साइन बोर्ड खरीदकर कबाड़ी मुश्किल में पड़ गया था। लेकिन सौभाग्य से नूतन बाजार के एक बैलून-बंदूकवाले ने उसे खरीद लिया और उस पर नुकीली काँटियाँ मारकर बैलून टाँगने का अच्छा-खासा इंतजाम कर लिया। इस तरह हरबर्ट का साईन बोर्ड छर्रों की चाँदमारी बन गया। कभी सारे बैलूनों से फटकर पिचक जाने पर हो सकता है कि काँटियों के बगल में से उलटे अक्षर दिख जाएँ—

'मृतात्मा से बातचीत'

—प्रो. हरबर्ट सरकार

इसके काफी दिनों बाद, या शायद कई वर्षों बाद हो सकता है कोई एक बच्चा अपने माता-पिता का हाथ छुड़ाकर दौड़ जाए और किसी एंटिक की दुकान के सामने खड़ा होकर धूल धूसरित काँच के भीतर हाथ में बत्ती लिए खड़ी परी को मुग्ध भाव से देखते रहना चाहे। उसे माता-पिता द्वारा यहाँ से खींचकर लाये जाने पर हो सकता है, बड़े मान से उसके होंठ थर-थर काँपें। हाँ, ऐसा नहीं भी हो सकता है।

लेकिन यदि होता है तो इसके और भी बाद में हो सकता है, वह बच्चा जब नींद में रह-रहकर काँप उठे तब भी इस पर किसी की नजर न जाए। ऐसा तो होता ही है।

इसके भी बाद, हो सकता है, कोई एक कटी पतंग इस आकाश से उस आकाश तक घूमती हुई हरबर्ट की उसी छोटी छत पर आ गिरे। हो सकता है, कोई जान भी न पाए। भोर के कुहासे में छोटी छत बिलकुल धुँधली और अबूझ होती है।

या फिर, उस छोटे बच्चे को यदि बुखार आए और बुखार में वह उलटा-पुलटा बोले, बोल ही सकता है, तो उसकी बड़बड़ाहट में हो सकता है, कोई परी को ढूँढ़ निकाले। न मिलने की संभावना भी रह ही गई।

हरबर्ट के खाली कमरे में, खिड़की बंद है, आँधी आने से भी कुछ नहीं बिखरेगा। यही होता है।

लाल बैलून, नीले बैलून—सब फट जाएँगे। फिर नए बैलून फुलाकर लगाए जाएँगे। फिर फूट जाएँगे। ऐसा ही होता आया है।

हो सकता है, छोटा बच्चा नींद में सुबक-सुबककर रोए। फिर हँसे। बच्चे को ऐसा करते देखकर कहा जाता है कि बच्चा 'देयाला' (भगवान से बात) कर रहा है।

रोज नींद में बात करता है। हो सकता है, डॉक्टर दवा दे। और उसके माता-पिता को आश्वस्त करते हुए कहे, 'ठीक से सोए, सोने से ही ठीक हो जाएगा।'

ठीक से सोने से कुछ भी ठीक नहीं होता, यह सबसे अच्छी तरह जानते थे ललित कुमार और शोभारानी। क्योंकि उनके निश्चिंत, सुख की नींद के बाद, हरबर्ट के जन्म के बाद, तरह-तरह के सुख भोगने के बावजूद, अंत में, फिल्म फ्लाप कर गई थी।

फ्लाप फिल्म में पिक्चर नहीं है। है सिर्फ साउंड। वह भी कम होते-होते महज अस्फुट उच्चारण, जो लगभग सुनाई ही नहीं देता—

कैट-बैट-वाटर-डाग-फिश...
कैट-बैट-वाटर-डाग-फिश...
कैट-बैट-वाटर-डाग-फिश...

●●●